中国新锐派
作家作品文库

那些青春如诗的日子

【曹忠长篇小说作品】

曹忠◎著

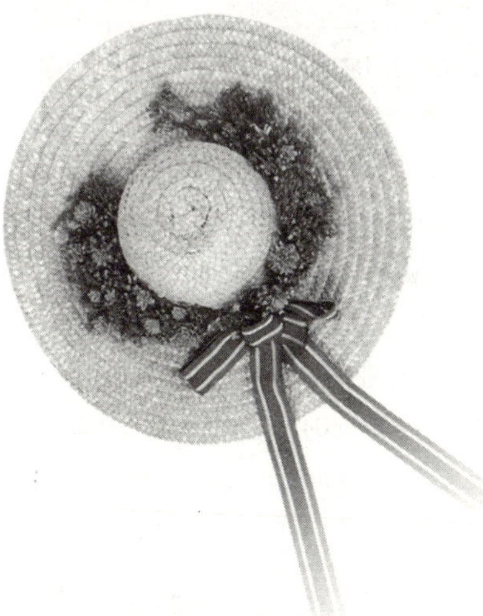

中国财富出版社

图书在版编目(CIP)数据

那些青春如诗的日子 / 曹忠著. —北京:中国财富出版社,2017.4
(中国新锐派作家作品文库)
ISBN 978 -7 -5047 -6407 -2

Ⅰ.①那… Ⅱ.①曹… Ⅲ.①长篇小说—中国—当代
Ⅳ.①I247.5

中国版本图书馆 CIP 数据核字(2017)第 033551 号

策划编辑 张彩霞 **责任编辑** 刘瑞彩
责任印制 方朋远 **责任校对** 孙会香 张营营 **责任发行** 张红燕

出版发行 中国财富出版社
社　　址 北京市丰台区南四环西路 188 号 5 区 20 楼 **邮政编码** 100070
电　　话 010 -52227588 转 2048/2028(发行部)010 -52227588 转 307(总编室)
010 -68589540(读者服务部) 010 -52227588 转 305(质检部)
网　　址 http://www.cfpress.com.cn
经　　销 新华书店
印　　刷 北京兴星伟业印刷有限公司
书　　号 ISBN 978 -7 -5047 -6407 -2/I·0251
开　　本 710mm × 1000mm 1/16 **版　　次** 2017 年 5 月第 1 版
印　　张 14.5 **印　　次** 2017 年 5 月第 1 次印刷
字　　数 223 千字 **定　　价** 36.00 元

目　录

楔　子

夏天
如果这条街没有鞋匠

我就打赤脚
站到太阳下看太阳

我想到在白天出生的孩子
一定是出于故意

你来人间一趟
你要看看太阳

和你的心上人
一起走在街上

了解她
也要了解太阳

夏天的太阳
太阳

当年基督入世
他也在这阳光下长大

——海子《夏天的太阳》

再次见到亚哥已经是十年后的事，我们已经成了被岁月磨平了棱角的老男人。

在越来越资产阶级的蓝姬 8 号酒吧，穿着假冒名牌的一对对大学生情侣在酒吧昏暗的灯光下喝酒聊天，脸上洋溢着青春的气息。豪华的包厢里，丑陋的女人靠在帅哥的肩膀上哭泣，漂亮的姑娘在富有老男人的怀里撒娇。厕所里吐得一塌糊涂的狼狈少年，大厅里喝醉了酒红着眼睛大声朗读海子诗歌的年轻诗人。

一切都还是当年的场景！

我无比惆怅地看着眼前这一切，然后我看到了亚哥。他坐在以前常坐的那张红色沙发上，眼神呆滞。

他抬起头来看到了我。

我想叫他，张口的瞬间，发现声音如失语般喑哑。世界在那一刻像被无尽的岁月海潮倾覆，瞬间安静下去。

不同于十年前见面时的热情拥抱，我们客客气气，甚至看对方的眼神都消散了往日时光里勃发的英气。

谁也不会想到，在我们那被叫作“青春”的日子里，我们曾无比的任性、疯狂。在酒吧里喝得烂醉，在暮色苍凉的北方大街上，借着酒劲儿大声背诵海子的诗歌。

十年前。

十年前，我对赵青青说，不论发生什么，十年后我都会来看你。

十年前，我对颜颜说，我会爱你一生一世。

十年前，我的名字叫曹小木，是一个三流诗人，常在一条浑浊的大河边朗诵诗歌。十年前，我走路比风还快，却常在夏天盯着街上漂亮姑娘的大腿目不转睛。十年前，我笑声淫荡，抽着八块钱一包的劣质香烟，在一座无望的城市和我的诗人朋友们谈论着我们崇高的诗歌事业，做着代价高昂的梦。

十年前，那些我遇到的诗人：小巴、亚哥、老罗、火柴、阿亮……那些我爱过的女孩：张晓、赵青青、颜颜。十年后，他们仿佛都被岁月的海潮倾覆了，他们真的存在过吗？他们是否真的来到过我的世界？

第一章　那时候，诗歌是一生的事业

旧菊花很安全
旧枣花很安全
扪摸过的一切
都很安全

地震时很安全
伴侣很安全
喝醉酒时酒杯很安全
心很安全

——海子《坐在纸箱上想起疯了的朋友们》

那时候的L城，诗歌早已经在与物质金戈铁马的战争中被干得一败涂地。即便是在文学圈子里，风光活跃的也是写小说的作家。那时候，写诗已经沦落成了许多大学男青年追女孩的手段，那些真正把诗歌当作人生事业的人如同沧海里的破船，总是一副落魄的衰样。

亚哥是个例外。

亚哥身材高挑，肤色雪白，梳着寸板，是一个标准的美男子。他总喜欢穿看起来很潮的花衬衫，嘴角总是留着温暖的笑，所有的人都觉得他是一个心地善良的人。许多姑娘慕名来到他身边，倾听他读诗、讲黄段子，在亚哥小小的出租屋里，从不缺少漂亮的女人、诗歌以及黄色笑话。因为亚哥，我真正喜欢上了诗歌，喜欢上了那个外表看起来无比优雅的圈子。

我第一次见到他，是去参加他新诗集的发刊仪式。

那是 1998 年的春天，阳光倾倒了一座北方的城池。

破旧的蓝色桑塔纳在滨河路上飞驰，车上除了我还坐了另外两个文艺青年：小巴、火柴。

我和火柴是学校文学社的负责人，小巴是隔壁学校的一个文学青年，他认识火柴。火柴介绍他的时候，他热情似火地和我握手，死死地拽着我的手，高兴地说道："你好，我叫小巴，大小的小，巴豆的巴。"

小巴表面看起来很温和，但了解深了就知道他是个特聒噪的人，话匣子一打开就关不住，声波到处寸草不生，而且脾气特大！

在车上，我们就像是下来"走穴"的大牌作家一样，将 L 城里数得着的作家都评头论足了一遍！互相吹嘘见过某某大作家，和某某大作家吃过饭，小巴甚至吹他和某某作家一起逛过红灯区！

开出租车的是个三十岁出头的小伙子，戴着眼镜，听到我们吹牛皮，不住地在后视镜里用贼贼的小眼睛瞅我们。在那块小小的方方的小镜子中，小巴穿着一件乌七八黑、许久没洗的棉衣，火柴和我头发乱如鸡毛！

戴眼镜的四眼出租车司机想必是读过我们刚吹嘘的那些作家的某些作品，所以，严重怀疑我们谈话内容的真实性！

当然，我们也不全是吹牛，那些作家我们倒是都见过，也一起聊过天、吃过饭，只是人家现在不一定还记得我们。

司机在一立交桥下将我们放下，满脸堆笑。

"哥儿几个，实在不好意思，前面堵车了，只能将你们拉到这儿了，你们再往前走二十分钟左右就到了。我还要去加油，不好意思啊。"

他说话的时候，贼贼的眼睛一直盯着我们，所以显得很真诚，我便相信他那快要散架的破车可能真的需要去加油。于是，我对小巴和火柴说："我们还是走过去吧。"

小巴说："好个鸡巴，我们还要赶时间呢。你不把我们拉过去，我们就投诉你！"

小巴差点和出租车司机干起架来，被我和火柴劝住。

“小巴，如果和他干起来，我们就真迟到了。现在我们走快点的话还来得及。”

小巴气呼呼地走掉，火柴好心地去给司机付车费：“对不起，师傅，您多担待。”

四眼司机一边把钱往口袋里塞，一边甩脸色给我们看。我们都听清楚了他在哼唧哼唧地暗骂我们。

“一群装逼的哈怂！”

小巴转过身来，指着司机：“你狗日的有种再把刚才的话说一遍？看老子不打折你双腿！”

那司机钻进车里，回骂道：“打啊，打折了才好呢，医药费、误工费、精神损失费，赔死你狗日的，老子还巴不得你打呢！”

小巴捡起地上的一只啤酒瓶过去砸人，四眼司机没料到小巴还真敢，一脚油门起步开溜。小巴一啤酒瓶砸过去，砸到了路边防护栏上，瓶身四分五裂，几乎溅到了我和火柴身上。

我说：“快些走吧，这里有监控。”

我和火柴将怒气冲冲的小巴拉走。他一边走一边在嘴里碎碎念，骂刚才那司机，像极了祥林嫂。

因为和司机吵架，我们迟到了。赶到的时候，发刊仪式已经开始。

聚会的地点选在一家叫蓝姬 8 号的酒吧，青年诗人冬野在门口接我们，我很早就听过冬野的名字，见到本人后第一感觉就是不像啊，想象中的冬野应该是帅气的小伙子，满腹才华，风度翩翩。但眼前的冬野却是一个满脸青春痘、不修边幅、胡子拉碴的中年老男人。当然，作为一个中年老男人还长青春痘，说明诗人冬野无论是在爱情上还是在写诗上都还有着不竭的激情。

亚哥包下了整个酒吧，灯光昏暗、音乐流转的酒吧里坐满了诗人，还有 L 城各个高校文学社团的负责人。

酒吧里一片喧嚣，不论男女都在死命抽烟。

我被呛得头晕眼花并剧烈咳嗽。

“小木，快把烟点起来。”

小巴说完就掏出红塔山给大家一一点上，我猛吸了几口后感觉好了很多，但头依旧很晕，眼前人影幢幢。我脸色惨白，瘦弱得如同枯枝的手指也开始发白。小巴看到我的脸色吓坏了，要我出去透透气，我说没事，跌跌撞撞地要去厕所洗把脸。

我晕得分不清方向，挤过酒吧里拥挤的人群，四处问人找厕所，忽然间，我像一根木头桩子一样定在了原地，在拥挤的人群中看到了诗人周子。他捋着长长的胡子，仙风道骨般坐在酒吧中央的一张椅子上和周围的一群女学生聊天。

周子是 L 城诗歌界的领袖，在 L 城享有崇高的声誉，甚至在全国也是响当当的人物！

我有些慌张地摸遍了全身的口袋，发现我没带笔和本子。

我急急忙忙地转身回去找小巴，他将自己的速写本和笔借给了我。

周子身边围了很多人，我挤到他身边，蹲在他跟前，他的脚几乎要踢到我的鼻子。

“周子老师，你好，我叫曹小木，很高兴能见到你本人。你给我签个名吧。”

我说话的时候一脸淡然，但暗中一直抓着我的膝盖上的破牛仔裤，努力克制自己的头晕和激动。

他拿过本子，哗哗在本子上签上了自己的名字，没看我一眼就将本子扔还给我。

我还想和他说说话，他却不再看我，低头继续专心和身边的女学生聊天。

“谢谢周子老师。”

我站起身鞠了个躬就离开了，按照我的性格，遇上这种傲慢至极的货色，我会站起来一脚把他踢翻在地，可是，那天我忍了！

我一脸不高兴地回到小巴身边。小巴看到我脸色更差了，问我是不是没签上名。

“签上了，喏，这不是吗？”

我将本子递给他看。

“小木，这边，到这边来!”

火柴隔着人群老远就向我挥手。

我把自己快要僵硬了的身体挪了过去，发现角落里还坐了几个文艺青年：亚哥，老罗，还有曲梁。

三个长发青年都是一副艺术家打扮，今晚的主角亚哥身穿一身亚麻色的西装，黑色的边框眼镜，显得干净利落。

亚哥的旁边坐着穿长袍的老罗和帅哥曲梁。

诗人老罗不怎么说话，坐在沙发上用忧郁的眼睛看着我们，一个劲儿地抽烟、喝酒。

曲梁是个标准的帅哥，身形挺拔，眼睛里无时无刻不散发着温暖的光芒。蓝姬8号是个典型的小资酒吧，酒吧里一刻不停地放着悠扬的钢琴曲，曲梁穿着黑色的紧身T恤，端着酒杯，标准的绅士!

我跟小巴说，我要是女的也会爱上曲梁。

和绅士诗人曲梁的优雅不同，来这里的许多诗人朋友们将小资情调的蓝姬8号变成了菜市场和夜市的混合体，走廊里喝醉了酒的少年破口大骂撒酒疯，坐成一圈讨论诗歌的大学生声情并茂、唾沫横飞，还有无数在昏暗灯光里忽明忽暗的烟头。我的诗人朋友们，都觉得只有酒精和烟草才能证明他们的存在，而诗歌把他们和酒鬼、烟鬼区分开来。

老罗说，一个好的诗人必须是一个烟鬼和酒鬼，女的除外。

我想，我不是一个烟鬼也不是一个酒鬼，更不是女的，所以，我成不了一个优秀的诗人。

酒吧厕所里弥漫着浓烈的屎尿味和烟酒味。我隔壁的人不知道是在拉屎还是在撒尿，隔段时间就会发出点怪响。

“不在!”

隔壁传来一声尖锐的女声，立马又寂静下去，吓得我差点从马桶上滑下来。

这他妈的是女厕所?!

不对，我进来的时候看到有专门给男士准备的小便器，是男厕所无疑。

我一下明白隔壁发生了什么。厕所里混合着屎尿味和烟酒味的空气忽然香艳起来，我像偷窥了什么不能看的事一样，羞愧得想急切离开！

我轻手轻脚地推开厕所隔间的门，像一个偷盗未遂的贼一样蹑手蹑脚地往外走，隐约听到男生在说：“走了，好像没人了。”

在门口撞见一胖子进厕所撒尿，我想，厕所里那对男女肯定把那胖子的祖宗问候了一遍。

在洗手池洗手时仍感觉空气中有股香艳的气息在扰动，我的头更晕了。

水一股股地从我的手指中间滑下去，我看着那些在我的指尖流动的晶莹液体失神，仿佛它们能开出花来一样。

胖子撒完尿站在我旁边洗手。他一身彪悍的肥肉在我眼前晃来晃去，洗完一甩手甩了我一身水。

他急忙掏出纸给我擦，边擦边说：“老兄，真不好意思啊。”

我的声音已经沙哑，咳了几下后淡淡地说了句：“没事的，都是朋友嘛。”

他说：“就是，都是朋友嘛，你也是来参加这次诗歌会的？”

我说：“是啊，是啊，大哥你也是？”

“是啊。我叫阿亮，敢问兄弟贵姓？”

“叫我小木就行了。”

洗完脸，我清醒了好多。

胖子阿亮是个很爽快的人，和我报完了家门后就拉着我去他的桌子喝酒。

诗人冬野主持了亚哥的诗集发刊仪式，在发刊仪式上，冬野首先隆重介绍了出席这次发刊仪式的德高望重的周子老师。冬野在讲话中讲道：“周子老师是我们L城诗歌界的领袖，也是L城诗歌界的骄傲！”

冬野越说越激动，他慷慨激昂的讲话点燃了酒吧里大多数人的激情，他们都向周子投去无比崇拜的目光。

“周子的诗其实写得跟屎一样。”

亚哥点了一支烟，对周围的我们低声说道。

我不由得多看了一眼亚哥，长头发下的西装穿得一丝不苟，甚至领带都打得和风纪扣一样严肃。

这样的人不像是一个叛逆的人，但他却敢说出周子的诗像屎一样这样的话，那就是他的诗特牛！

我不由得拿起桌子上的《亚哥诗集》开始翻看，我被震撼到了。亚哥诗歌的成熟度完全超出了他现在的年纪，我一口气读了十几首诗歌。

“亚哥，你的诗写得真好！”我由衷地说。

冬野正按照程序请亚哥上台讲话，他站起来看了我一眼，笑嘻嘻地说：“晚上我请你喝酒。”

说完，他就上台去讲话了。他在台上讲了很多冠冕堂皇的话，比如他很喜欢周子老师的诗歌，完全忘掉刚才他在台下说的话！

主办方设计了互动交流环节，现场诗歌朗诵。

那天，我们来参加诗集发刊仪式前，主办方曾通知我和小巴带上自己的诗歌去现场朗诵。

朗诵环节开始后，主持人很快就叫到我的名字，我带着我的诗稿上去朗诵。那是我上大学以来第一次朗诵自己的诗歌，很紧张，几乎不敢看下面的人。那首诗叫《写给姐姐和青海湖》。

大西北的青海湖
在青海湖的咸水里
我看你
姐姐
在风中摇曳着悲欢的姐姐
夜风摇落了你的眸子
它们飞上了天宇
闪烁着离人的寂寞
我拿着镰刀
在青海湖边收割石头

像收割韭菜一样
麦子长在云端
长在寂寞的青海湖里
一位寂寞的女郎
用她的锁骨弹奏一首离人的歌子
我坐在青海湖边
坐在云端
坐在麦地里
静静地聆听
而后
天寒地冻
路遥马亡
月比星白
夜比昼长
麦子全部枯萎
我收割的石头全部枯萎
女郎荷月而去
我坐在青海湖里
一只荆棘鸟
飞过我的胸膛
穿堂的风
从青海湖吹到了南美
在那个叫厄瓜多尔的地方
在那个盗贼满街的教堂里
神父用手作喇叭状
叫你的名字
姐姐
姐姐
你的发在春天里像韭菜一样疯长

你提着菜篮跨过春风的原野
你的篮子里装满了忧寂与欢乐
可我不知道哪样会多一点
我多想告诉你
在月夜升起的日子里告诉你
姐姐
我又看到了青海湖里的石头
它们又青又白
上面写满了海子的名讳
仿佛记得
那是个寂寞的诗人
住在一座面朝大海，春暖花开的房子里
可是
姐姐
在那些梦里
我看见他在哭泣
他从青海湖走到了日喀则
又从日喀则走到了山海关
麦子在他脚下生长
他匍匐在麦地上
他用手握住金黄的麦穗哭泣
姐姐
在陇东的兰州
麦子在大雪里生长
寂寞而悲欢地生长
留着胡子的山羊
和长着翅羽的飞天在麦地里嬉戏
我看到了你
姐姐

在那个大雾的清晨

你走在清晨的大雪里

你的脚踏出了长长的脚印

再难踩平

姐姐

我朗诵完后，下面观众掌声雷动，我像一只白胸脯的企鹅一样穿过人群，一屁股坐在亚哥面前，大口喘气。

老罗点了支烟递给我说："不错，很不错！海子《日记》的风骨。"

亚哥说："能入老罗法眼的诗歌很少。老罗能这样夸你，说明你的诗歌真的写得很好。"

阿亮跑过来拉我去他的桌子喝酒。

我们正喝得高兴，一个女孩过来给阿亮打招呼："阿亮你怎么不回我的短信！不是答应陪我去买书吗，竟然放我鸽子，太过分了，太过分了！"

她一头栗色的齐肩短发，刘海下的眼睛笑成一条好看的缝隙。

"我们学生会最近要举办一个大型活动——名家诗人进校园，听过吗？我正给你争取一个上台朗诵的机会呢！"

她忽然换了一副严肃的表情看着我们，直到我们的眼神里都露出崇拜。

她看到了阿亮身边的我，忽然高兴地笑了："是你啊！刚才朗诵的诗歌真棒！"

阿亮赶紧介绍："我的新朋友小木！"

"我是颜颜。X大学学生会文艺部部长。"

颜颜突然换了一副外交家式的假笑，说了一句不着边际的话："哎？你的外套哪儿买的，这么有个性？"说着伸过手在我背上捏了一下。我吓了一跳，心惊肉跳地感到她绝对是成心捏了一大把我的肉。

我往后躲了一下，可耻地脸红了。

"我得再邀请一些人去！"她笑着扔下一句话。远远的，我看见颜颜趴在周子边的沙发上说着什么，他们一起大笑。颜颜往这边看看，遇到我的眼神，突然就不笑了，眼神落寞地坐到旁边的沙发上喝酒。一会儿她又开始满场疯开了，又是叫又是跳，在乌烟瘴气的酒吧里跑得裙摆纷飞。“谁呀那是?”亚哥指着颜颜问我。“小木他们学校学生会的一个部长，叫颜颜。”阿亮介绍道。

“啊呸！部长了不起啊，瞧她那副德行！看着就烦!”亚哥无比轻蔑地说。

颜颜很高，一米七左右，身材高挺，站在一群小女生里鹤立鸡群。她很外向，第一次见到陌生的诗人或文学爱好者就要上去搭讪，任凭一些轻浮的男生摸她的手，揩她的油。我发现这种情况发生的时候她是不开心的，但她也从不拒绝。

她忽然蹿到我身边：“下周一，咱们出去爬山吧!”

我环顾了下四周，亚哥、阿亮他们都跑去和周子聊天去了。

“周一我们去爬山，怎么样?”她又问我，脸上洋溢着微笑，附在我耳边说话，吹气如兰！

我的耳朵和脸像火一样烧起来，她故意将鼻息吹到我脸上。

见我半天不说话，她塞给我一张纸条。

“想好了，联系我!”

她离开我又跑去和其他诗人疯去了，我自顾自地说：“好吧!”

她可能听不到了，但那又有什么关系呢?

主持人忽然叫到了老罗的名字。老罗却很客气地站起来，摆摆手说他今天没准备，就不朗诵了。

冬野为了救场带着自己的诗稿上去朗诵了。冬野的诗歌写得不是很好，但也不算坏。风格偏向哲思，我觉得受到了冯至十四行诗的影响。

冬野下来的时候，问老罗他这首诗咋样。

老罗慵懒地靠着躺椅，慢条斯理地说：“有老薛的痕迹。”

后来我才知道，L城最牛的诗人是老薛，不是周子。不过周子在的时候他们宣称周子是L城诗歌领袖，老薛在的时候吹老薛是L城的诗歌泰斗。如果他们俩都在的话，就说他们都是泰斗。那时候的诗歌圈子就是这样，诗歌已经式微了，再不吹捧，就什么都不是了！但亚哥他们真心佩服老薛，他们说老薛的诗写得很好。他们中许多人都跟老薛学诗歌，写的诗歌中老薛的痕迹很明显。

但是，那时候我还不知道老薛是谁。

“谁是老薛？”我问。

冬野就添油加醋地给我讲了半天关于老薛的故事，在冬野的口中，老薛是一个诗歌隐者。他咕咕地干掉了一杯青岛啤酒后无限神往地感叹道：“老薛是现代社会的王维！”

在他的描述中，老薛是一个四十多岁的老男人。老薛很有钱，大家都不知道他的钱是从哪儿来的，他曾经送了上万元的书给跟他学习诗歌写作的弟子。据说老薛对青年诗人尤其是高校学生诗人很是关注，这次发刊仪式的钱也是老薛掏的。

听了冬野的讲述，我想原来L城还有这么牛的人物啊。

“你见过老薛吗？”

我问冬野。

“当然见过。但是老薛行踪不定，我们见他的次数也不是太多。”

“那他是个啥样的人？”

“有时候严肃有时候温和，喜欢和青年人交往。人长得也比较帅，没有猥琐之相。”

我说：“老了还帅，那么年轻时候岂不是少女杀手啊。”

大家就哈哈笑起来，开始喝酒。我装作不经意地转身，在人群中搜寻颜颜的下落，却不见了她的身影，她可能玩累了先回去了。

于是，亚哥邀请我去他住的地方喝酒的时候，我想都没想就答应了。

去的路上，一直在堵车，司机一直在抱怨路怎么难走，去的地方多么绕。

在车上我一句话也没说，我一直惦念着颜颜。我看向窗外，夕阳照耀下的L城显得分外美丽。一幢幢新的大楼拔地而起，这个城市正努力地追赶时髦与繁华。

我无比沉重地叹了口气。

因为堵车，我们到亚哥的住处已经是晚上，亚哥住在一拆迁区的破楼上，会客室是一间小屋子，堆满了书。我们进去就挤满了整个屋子。亚哥热情地为我们倒茶，我和小巴、火柴挤着坐在亚哥的单人沙发上。

胖子阿亮本来也是要来的，后来被女性朋友一个电话叫走了。

我一直忐忑地想问阿亮，那个女性朋友是不是颜颜，却一直不敢张口。

在亚哥的住处，老罗依旧一句话不说，死命地喝酒抽烟，小巴很快和亚哥他们打成一片，小巴酒量不行，但是他敢拼命。很快，我们喝完了屋子所有的青岛啤酒。我说我下去买酒去，亚哥说都三点了，店家早关门睡觉了。

他翻箱倒柜拎出几瓶二锅头，问我们干不干白的。

老罗说话了："白的就白的，我没意见。"后来的交往中，他一直吹嘘他的肚子是个无底洞，哪怕是数年后，我们再次相聚的时候，老罗依旧吹嘘他的酒量，说他在上海没人能把他喝倒，他一直想把自己喝透，却未能如愿。

两瓶二锅头干完后，老罗醉了，很多年以后我向他提及那次醉酒事件，他说那是装醉，他那么能喝怎么会醉呢。

小巴红着眼睛和亚哥划拳，中国的酒桌文化博大精深，一杯酒，半小时之内就让两个不认识的人变成了休戚与共的兄弟。

亚哥打着酒嗝称赞小巴够兄弟，有血性，将来一定是个好诗人。

这句话对小巴很受用，他打着酒嗝开始和亚哥一起朗诵诗歌。我困得不行，倒在亚哥的床上沉沉睡去。

早上醒来的时候，我头疼欲裂。在弥漫着恶臭的公共厕所用冷水抹了把脸后，就和小巴他们一起赶回学校上课。

回去的公交车上，小巴依旧为昨晚的那个诗歌之夜兴奋不已。亚哥说，他支持小巴成立一个诗社的想法。他说，我们在世界的面前都是罪人，只有诗歌让我们富足，只有诗歌可以给我们王位和太阳。

公交车上，小巴正在和亚哥谈论他想在 L 城成立一个青年诗社的宏伟目标。

我则用手托着下巴开始打瞌睡，窗外的 L 城晨风温暖，将我的头发一根根温柔地撩起，其实他们谁都没有注意我手里攥着一张早被汗水浸湿的纸条。

第二章　你这招真高

在什么树林，你酒瓶倒倾
你和泪饮酒，在什么树林，把亲人埋葬

在什么河岸，你最寂寞
搬进了空荡的房屋，你最寂寞，点亮灯火

什么季节，你最惆怅
放下了忙乱的箩筐
大地茫茫，河水流淌
是什么人掌灯，把你照亮

哪辆马车，载你而去，奔向远方
奔向远方，你去而不返，是哪辆马车

——海子《夜晚 亲爱的朋友》

我们望着一直蜿蜒到山顶的陡峭登山石梯，我对颜颜说："你先上吧，我在后面看着你。"

出乎我的意料，她的体力很好，和她瘦弱的外表完全不相符。我甚至都跟不上她的步伐，我们爬到山顶的时候，已经是黄昏了。我们并排坐在山顶凉亭的栏杆上，残阳如血，映红了她的脸庞。我感到心跳如鼓，手心出汗，我们好半天不说话，她忽然转过头来看着我，我们的脸凑得很近，我努力想跟她对视，努力让自己的眼睛不躲向一边。我能听见她怦怦的心跳声。北方的夜晚很冷，黄昏的风也带着寒气，她的发被风撩乱，乱飞的发丝抚着我的脸，她忽然靠近我的脸，我条件反射般侧头躲向一边，她温润的嘴唇印在了我脸颊上，她“哼”地一声转了身，我知道她生气了。

她招招手，提着裙子坐进了滑行过来的出租车。

“你回去吧，不用送我。”语气冰冷。

我还是一言不发地拉开车门坐到了她身边。一路上，我们都没有说话。我很紧张，尤其是眼光的余角瞥到她不断起伏的巨大胸部的时候。她注意到了我的目光，我急忙收回目光，再不敢看她。在她家楼下我们草草挥手道别。

我独自往回走，街上已经没有行人，偶尔疾驰而过的汽车开着远光灯一闪而过。商店全都早早地关了门，马路空旷寂寞，一路上我都在低头沉思，我想多了？她对我有那方面的意思？不，我一定是误会了，她是那种喜欢和很多男生接吻的女生。一定是这样！

想到这些，我的心就沉了下去。

我竟然在路上遇到了亚哥，他开着一辆破捷达停在了我面前，我以为遇上了打劫，车窗打开，亚哥笑嘻嘻的脸露了出来。

“曹小木，一个人晃啥呢?”

“散步。”我说得很心虚。

“鬼信，上车，火柴也在车上!”

“啊?”

“我们要去见诗人周子，一起喝酒谈诗。”火柴打开后座的车窗嚷道。

我上了车才知道，亚哥其实是开着他舅的白色捷达带着火柴组团去约会，根本不是去见什么诗人周子!

亚哥他们和姑娘的约会地点选在了学校旁边一个高档酒吧。酒吧外墙的装饰相当豪华，但是我从未进去过，我和火柴他们都认为一个酒吧整得那么资产阶级的模样，一定是在暗中做着皮肉生意。

女生们早就等候在酒吧了，到之前，亚哥给约会的姑娘发短信说要带两个男生一起过来，建议姑娘那边也来三个人。

亚哥一个人的约会实际上变成了我们三人的组团约会了。

坐在我们对面的三个女生都很漂亮，其中最漂亮的女孩是亚哥的约会对象，脸若刀砍斧削一般棱角分明。

刚坐下，火柴就摆出大款的派头，大叫："服务员，过来！"

服务员过来后，火柴吩咐道："来两瓶红酒，最好的红酒。"

我们一边喝酒一边聊天，三个人中我说话最少。我发现坐在我和火柴对面的那俩女生的眼光都有意无意地瞟着亚哥。三人中，就亚哥长得帅，女生天生爱看帅哥。

亚哥却是个很专情的人，他的眼睛一直都停留在和他约会的对象的脸上，未曾移开。

火柴不是个感情专一的人，在街上，只要看见母的东西都会仔细瞧上两眼，哪怕她们长得豁牙豁嘴。火柴不像亚哥一样只盯着女生的脸看，他的眼更多的是停留在女生的胸部。他和对面那女生的聊天内容也越来越和那女生的胸部有关了。他夸赞那女生的胸很大，对面的姑娘脸红了。火柴有些得意，倒了红酒要那女生碰一杯。

而我，却把坐我对面的女生给冷落了。刚入座大家互相介绍的时候，我们还说了些话，但随着亚哥和他的约会对象如同讲悄悄话一样细声细语地讲话后，我和那姑娘就只顾低头喝酒、嗑瓜子了。相比之下，火柴的表现好得多。火柴经常自吹是个情场老手，在他的讲述中，他高中的时候是学生会的主席，经常叫上一大帮姑娘出去喝酒，喝酒的时候他就给姑娘们讲黄段子，每次都能把姑娘们逗乐。有时候，他们还把酒吧包间的灯关掉，一伙人借着酒劲儿在包间里群魔乱舞，火柴经常趁乱搂着姑娘们的腰跳舞，并乘机摸她们的胸和屁股。火柴和我讲这些的时候，我问他："你这么多艳遇，为啥到现在还是老光棍一条？"

火柴回答得无比淡然："小木，你不想想中国有多少人，这些人中又有多少年轻漂亮的姑娘，少说也有个几千万吧。这些姑娘都等着我去邂逅呢，怎么能因为一棵道途上的野花就放弃前面道路上大片盛开的鲜花呢？"

“如果你越往前走发现前面的花还不如后面的，怎么办?”

“不可能，小木，你的那种农民思想落后了。小木，我告诉你，你千万不要在意女人，不要相信爱情，哪个女人说爱你一定是看上你的什么东西了。要么是你的外貌，这个最重要。还有就是你的钱，你的地位，你的其他的什么。反正她们就是看上你的什么了，如果你没有那些东西了，她们就会离开你，像抛弃一条狗一样地抛弃你。”

“所以，小木，你不要相信他妈的什么爱情，那都是狗屎。男的对一个女的说，我爱你，很多时候其实是想和那个女的上床。”

“你说是不是?”火柴跟我说这些话的时候，打着酒嗝，满身酒气。

对于他最后问我的那个问题，我不能回答他。他说出关于爱情的某些实质，但他的观点太偏激了。我想这个世界上还是有真爱的，还是有奋不顾身的爱情的。

那天，我们三人聚会的时候，亚哥一直和他的女朋友讲悄悄话，完全在虐我和火柴。作为陪衬，火柴开始和坐在他对面的女生讲黄段子，而我则想和对面的女生谈谈诗歌。我问她喜欢什么类型的诗歌，她说她不喜欢诗歌。她喜欢唱歌，她是学唱歌的，流行唱法。

我想，人家姑娘既然不喜欢诗歌，那么我就不能和她聊诗歌了，于是，我就建议她给我说说她唱歌的事。

她就开始给我讲她在哪儿得了个什么奖，去哪个电视台录过节目。

她越讲越眉飞色舞，我感到很厌烦，于是打断她：“有时间我请你唱歌。”

她说：“亚哥去的话我就去。”

我问：“如果亚哥不去呢?”

“亚哥不去的话，我还是不去了吧，我怕我男朋友知道了骂我。”她有些狡黠地笑。

这女的果然也不是什么好货色。自己有男朋友了，现在还出来约会，当然，人家主要是为了看亚哥。像我和火柴那种货色，人家可看不上眼。

可亚哥对她根本甩都不甩一眼，亚哥喜欢清纯的姑娘。

那女的忽然问我："你有女朋友吗?"

火柴接过话头抢在我前面说道："我们小木现在单身贵族一枚呢。"

我说："火柴开玩笑了，我有女朋友的。"我想到了颜颜，但她是我女朋友吗?

火柴使出浑身解数，讲笑话，讲黄段子，只差没当众唱"十八摸"。最终坐在他对面的女生只是答应下次和他单独出去吃饭。

火柴认为追到那个女生已经是十拿九稳的事，很开心。回去的路上火柴一直感谢亚哥，说："亚哥不仅是教我写诗的师父，更是教我泡妞的师父。"

火柴边说边给那个女生发短信。

"那个姑娘的名字真好听，叫李盈，真是水一样温柔的名字。而且，胸大屁股大，完全符合我的胃口。"

我和亚哥互看一眼，一秒钟后我们在车里笑得花枝乱颤。火柴大叫着不许笑，"萝卜白菜各有所爱，我喜欢胸大屁股大的有什么不对?"

我和亚哥继续哈哈大笑。冷不防被火柴一把按在座椅上。

"不许笑了!"

我和亚哥憋了一会儿又大笑起来。

他开始在车里挠我和亚哥的痒痒。亚哥说："你怎么像个娘儿们似的，还会这一手。"

我说："你别挠了，你再挠亚哥把车开河里去了，你和亚哥都不会游泳，到时我只能救一个人。"

我这么说火柴就乖了。

那时候已经是夜里十点，又是周末，路上没多少车，亚哥将白色的捷达开得一路生猛。突然，火柴猛拍亚哥的肩膀："前面停下，前面停下!"

"哪儿停，干什么啊？这块儿不让停车!"

"就是那女的，穿白衣服在路边招手打车那女的那儿停，你看她半天没打上车，我们把她捎上吧。"

"火柴，你还想在路上捡姑娘？不是明天还要和刚认识的那位姑娘一起吃饭吗？”我揶揄他。

“咱不能为了和一个女的约了吃饭，就不再发展其他女的了吧？况且，那个女的和我能不能成现在还不知道呢。我这叫广种薄收，这个城市那么多女的，我漫天撒网总是会有收获的。”他忽然变得厚颜无耻。

“有个鸡巴的收获，那不让停车的，我就停四秒，你叫不上来我就一脚油门走了。”

亚哥将车停在白衣女子的旁边，那女的一身白色连衣裙，身材高挑，但长得着实不怎么样。不过身材前凸后翘，是符合火柴胃口的菜。

火柴摇下车窗，对那女的说：“姑娘要去哪儿？我们送你吧。”

那女的瞅一眼火柴就“哼唧”一甩脸，留给火柴一个冷漠的侧脸。她一定认为火柴是个半路上捡姑娘的下流男人。

“四秒到了，亚哥起步吧。人家姑娘看不上咱们。”我从后面拍拍他的肩。

“看不上，哪个姑娘敢看不上我们？”

他半截身子探过副驾驶室，摇下车窗，用命令式的口吻说道：“上来吧。”

那口气像命令，又像祈求。姑娘转过头来看见亚哥那张天使般的面孔，竟然说了声谢谢！她上前来拉开副驾驶的门，一屁股坐了进去。

女人果然不可信啊！我和火柴面面相觑。

我刚才还为那姑娘叫好呢，没想到头来还是他妈的一立牌坊的婊子！

那女的在副驾驶室和亚哥聊得不亦乐乎，火柴在我身边不停地叹气。

车开了半个小时，到了一偏僻的地段，车少人少，连路灯都见不到几盏。亚哥忽然将捷达停下：“下车！”

这句话是对副驾驶室的连衣裙女子说的，不仅惊呆了那姑娘，也惊呆了坐在后座的我和火柴。

那女的颤抖着说：“这不是我要去的地方啊。”

她看了一眼外面黑不拉几的街道，以为真的遇到坏人了。她一定想起了报告文学里经常出现的场景，她的脸色开始变得惨白。

我说：“亚哥，不要吓人家了，待会儿吓出问题来了，还得往医院拉。”

那女的问：“你们吓我的?”

亚哥点了一支烟，忽明忽暗的火光映红了他英俊的侧脸。

“小姑娘，不要轻易上陌生人的车啊，哪怕是帅哥的车。好了，不吓你了。前面再开十几分钟就到你要去的地方了。”

亚哥说完一脚油门踩下去，捷达又生猛地在黑夜里奔跑起来。

下车的时候，那女的还有些惊魂未定。

我们重新上路后，我和火柴在车里大呼过瘾，火柴说：“亚哥，你这招真他妈高，简直是惊天地泣鬼神的杰作啊!”

第三章　一切都会过去

我所热爱的少女
河流的少女
头发变成了树叶
两臂变成了树干

你既然不能做我的妻子
你一定要成为我的王冠
我将和人间的伟大诗人一同佩戴
用你美丽叶子缠绕我的竖琴和箭袋

秋天的屋顶　时间的重量
秋天又苦又香
使石头开花　像一顶王冠

秋天的屋顶又苦又香
空中弥漫着一顶王冠
被劈开的月桂和扁桃的苦香

——海子《十四行：王冠》

周末，我无事可做，甚是惬意地躺在床上，拿着遥控板不停地换台，房间光线不停变换。整整一天，我都以这个姿势度过，除了中间出门拿了一份外卖，上了两次厕所。

黄昏的时候，我的现代文学老师忽然给我打来电话，说周一学校将举办一个大型的文学交流活动，他希望我能参加。

我对参加一切活动忽然就没了兴趣，像一条趴在干枯河床上的鱼，等待着泽竭而亡的日子。

自那次约会后，颜颜再没联系过我，我有时候看着手机里的电话号码，想着是否要给她打个电话，每次都是在按到拨号键的时候放弃了。

傍晚时分，我去水房提水，经过一楼的时候，小房间里管楼大妈叫住了我："曹小木，有你的信。"

我以为是杂志社寄样刊的信件，拿到手里才发现是张晓寄给我的。我瞬间高兴起来，奔回宿舍急急忙忙地拆开了信件。

"曹小木，我是你的高中同桌张晓，你是不是把我忘了，一上大学就不和我联系了？你忘了当初的约定吗？上了大学后互相写信，我先给你写了。"

看完信，我掏出手机找到张晓的号码，我是颤抖着拨过去的。电话很久没人接，我又拨了一次。

电话被接起了，却是张晓的舍友。她说张晓去帮班长画下周班级活动的海报，手机落在宿舍了。

我又问张晓什么时候能回来。

她说班长最近经常请张晓吃饭，一般都在外面待到十一点才回来。

我又问班长是不是男生。

张晓舍友"嗯"了一声。

她问我要不要让张晓回来给我回个电话。

我神色恍惚地说了声谢谢，"不用，不要告诉她我给她打过电话，把通话记录删除"。

那边还在惊诧中"喂喂"地呼叫，我挂掉了电话。躺在床上，班长请她吃饭或许是因为她画海报出了很多力，张晓一直是一个很有绘画天赋的姑娘。

我高中的时候，同桌张晓是个美丽的女子，婉约妩媚。她经常会给我讲各种我不会做的数学题，上高中的时候，我的数学经常考 109 分，那也是一个很尴尬的分数。

数学老师是一个精瘦的老头，或许他不是一个老头，因为他的妻子很年轻，他的妻子是他的初中学生。他总是很严厉，他总会在我上课发呆的时候忽然大叫一声：曹小木！

声震寰宇，其声波所及之处无不尸横遍野，寸草不生。

我会在冥想或者发呆之中猛然惊醒过来，然后傻傻地看着他冷若冰霜并且怒火中烧的猪肝色的脸。然后他就会让我站起来回答他刚写在黑板上的题目，张晓就会在本子上给我写上答案，推到我面前，我假装若有所思地在纸上画画，然后将张晓的答案念了出来，每次都让数学老师没了脾气。

下课的时候我都会对她说声谢谢，每次她都撒娇般嘟囔：“又跟我客气干吗。”

我只好乖乖地闭了嘴，并且不动声色地闻她甩头发的瞬间飘逸出的洗发水香气。她和我说话不多，但是她告诉过我她很欣赏我，因为她觉得我是一个很有文学才华的人，她说她一直很想成为一个诗人。

她知道我喜欢吃花生，所以经常给我买许多的花生，我通常会一边和她聊天，一边把玩着一颗大大的花生。

某一天，她忽然问我：“我给你画颗花生好不好?”

我受宠若惊：“好啊。”

她便拿起我 3 块钱的劣质碳素钢笔开始在学校发的作文本上画花生，不到一分钟，一颗栩栩如生的花生躺在了本子上。

我忽然就来了兴趣，原来她画画水平如此之高。我说：“你教我吧，我要学这个。”

我记得我学画花生画了很长的时间，三个月之后，我才完完全全地学会了画花生，我本没有什么绘画天赋。

后来我才知道她在外面报了美术班，经常在一张大大的桌上画版画、国画、油画、唐卡。

她有时候也会临摹一些山水画、风景画，她了解我会写诗后，有时候画着心血来潮，就打电话让我去给她的画配诗，还经常信誓旦旦地给我保证不让我白忙活，会请我吃饭，会送我一幅画。

常常我给她把诗配好了，问她要画，她就说，她现在很困乏了，困乏了，画的画也就不好了。说她休息好后一定会给我画的，并保证会用心给我画。

我说："画没了，那请吃的饭呢？"

她说："现在就请。"

说完就带着我去了学校附近一苍蝇满天飞的小面馆，十几分钟后，老板娘端出一大海碗西红柿鸡蛋面放在我的面前，那姑娘对我说："你吃。"

我瞥她一眼："你请吃的就这啊？"

她说："怎么，不满意啊？这可是本姑娘亲手请你吃的，别人要吃还吃不上呢。"

我觉得也是，就开始吃。

她请我吃的面其实真的不好吃，但我还是碍于面子假装吃得很香。

我一直是个吃货，别人总说我吃东西总能把东西吃得很香。

哪怕是很不好吃的东西，我也把嘴吧唧得很响。我以前在寝室吃东西的时候，总会打扰到寝室的其他人。因为，我在吃东西的时候，嘴吧唧得太响，他们总是开涮我："猪都没你吃得起劲儿。"

我回敬他们："东西本来就不好吃，如果还不把它吃得香点，那就真吃不下去了。"

高三第一学期结束的时候，她请我吃了十几串羊肉串，然后很高兴地对我说，我给她配诗的几幅画参加一个国家级大赛获奖了。

她说要请我去喝酒，我说还是学生就不喝了，她就像变魔术一样从身后拿出一幅画，那是一颗大大的花生，背景是一片深蓝色的海。

高三第二次模考的时候，张晓没有来参加。

考完语文我就第一时间给她打电话，电话没人接。我万分焦急地一遍又一遍地打，终于她接了电话，却半天没说话。

“张晓，怎么了?”

“小木，我想见你。”

那天，我们沿着滨江大道走了大概有两个小时，期间，她一句话也没说，我也一言不发地跟在她身后。那时黄昏已经降临了，残阳铺在水中，渡鸦和不知名的水鸟呱呱地在水里扑腾着翅膀，我对她说：“我送你回家吧。”

张晓把口里嚼着的口香糖吐到水里，转过身来看着我。夕阳把她栗色的发映得绯红，柳絮啪啦啪啦地随着风飞到她的身边。我忽然觉得这样的景致很美。

她把身上的柳絮从裙摆上抖落，然后对我说：“我没有家了，我父母离婚了。”

我惊在原地，半天没有缓过神儿来。

她叹了口气：“今天谢谢你陪我，我要去找我的奶奶。”

“那你高考还考吗?”我有些担忧地问。

“考，当然考!”她忽然微笑起来，又变成了那个甜美笑容的女孩子。

我和她挥手道别。

她忽然叫住了我：“小木。”

我转身，她跑过来站在我面前，定定地看着我，她的眼波无比温柔，瞬间融化了我的心。

毫无征兆地，她飞快地吻了我!

她的嘴唇湿润柔软，江边漫天的柳絮纷飞在我们的头顶，我杵在原地，脑袋一片空白。

我朦朦胧胧地觉得我应该回应她的吻，她却推开我跑掉了。

我只看到她的白色帆布鞋飞快地晃动，柳絮哗啦啦地飞，夕阳斜斜地印在江上。

那天，颜颜打车走后，我一个人又慢慢地在滨江路上走了好久，直到黄昏殆尽，夜幕降临，我才悻悻然地走回去了。

我看了看自己在夕阳下忧伤的倒影，在路灯下渐渐拉长，我知道自己那一刻真的很忧伤。

我一直恍惚着，直到周五我破天荒接到颜颜的短信：来五号楼二楼大教室陪我上课，上完课我们去吃饭。

我草草洗了把脸，急匆匆到了教室，课还没开始。那是“毛泽东思想概论”公共课，两百人的大阶梯教室里弥漫着各种体味、脚味，那个长得对不起观众的女讲师，穿着白裙黑丝。黑丝袜把她的肥腿勒得更肥。她讲得唾沫星子横飞，溅了前排同学一脸。我和颜颜坐在倒数第二排，颜颜忙着捣鼓下星期要交的现代汉语作业。因为教室的环境实在不适合写作业，所以，她写了半小时就趴在桌上睡着了。

等到教室里的人都走得差不多的时候，她站起来伸了个懒腰。

“吃饭去！”

颜颜瞬间变得生龙活虎。

下楼的时候我一直忧心忡忡，我开始担心颜颜如果带我去 L 城最贵的地方吃饭的话，那么点一个菜都会让我破产，如果点上十个菜，我就会被扣在那里打工还钱。

所以，和她下楼梯的时候我就旁敲侧击地对她说：“校门口那家烤肉店的烤肉很好吃喔。”

她转过头看我一眼：“我不喜欢吃烤肉。”

我又对她说：“西街那家肯德基也很好吃的。”

她又看了我一眼：“我也不喜欢吃肯德基。”

我最后绝望般建议道：“西街有家川菜馆，很正宗的呢。”

她忽然过来拉着我衣袖，什么也没说，就把我拽到街边，伸手拦了辆出租车，对司机说去 X 生态酒店。

我一听就木了，那个酒店虽然不是 L 城最贵的，但不是我这种人可以消费得起的，也是那种点一个菜就可以让我破产的酒店。

我对颜颜说：“你等下，我去取个钱。”

我当时已经想好了，舍命陪君子，大不了下半学期天天啃馒头。

但她却不理会我的请求，将我一把推进了车里，车在起步的时候，我就想，这女的也太狠了，诚心是想把我扣在那个酒店打工还债啊。也不知道我要在那洗多少盘子才能赎身。

进了那个奢华的大酒店，迎宾小姐客气地把我们请进去，我们坐下来的时候，那个漂亮的服务员用怪怪的眼神看了我一眼，我当时甚至想问她，在你们这儿洗盘子一个月多少钱。

但看着颜颜气定神闲地看着菜单点菜，我也不好开口问。

服务员过来问我们点了什么菜，那女生叽里呱啦地说了一大串菜名，我当时就懵了：我在这儿洗一辈子马桶都赎不了身了。

颜颜点完菜后问我："你还要点什么？"

我忙说："不用了，我吃得很少。"

菜一个接一个上了，颜颜用手撑着下巴，呆呆地望着我吃。我问她："你不吃吗？"

她答非所问："我发现你竟然有酒窝呢。"

说完，她拿起筷子就和我一起吃。

菜终于吃完了，其实颜颜没有吃多少，她每个菜只吃很少一点。

我站起来对她说："你先走吧，我去付钱。"

我已经想好了，让她先走，我打电话让小巴他们打钱过来。

但她没走，而是叫来了服务员，自己埋了单，把一千多的菜钱给付了。

我吃惊地看着她，木木地立在原地，她对我说："发什么呆，走了。"

一路上我们天南地北地聊天，我坏笑着说道："你和三国时代蜀国五虎将中的一位名字很像。"

"是吗？那将军长得帅不？"

"不帅，大胡子，头发花白，糟老头子一个。"

"有那么衰吗？"

"真实的比那衰多了。"

颜颜直接给了我一脚："你才衰呢！"

完了她却叹了口气后说道："算了，不和你计较了，你陪我去买衣服。”

她给我看了一件森马的毛衫，样式超级前卫，我说这样的款式不适合，但颜颜直接将衣服拎到收银台。

“老板，多少钱？”

她掏出钱包来付钱，我赶忙挤上去把钱付掉。那件毛衫花掉了我大半个月的生活费，而且我还不一定穿。

出门的时候，我因为心疼钱，一直愁眉苦脸。

颜颜生气了：“曹小木，你再这样一脸苦逼样儿，我就不带你玩了！”

像被她扇了一耳光一样，我立马精神起来。

她蹦蹦跳跳地在我前面晃荡，高中生似的马尾在脑后甩来甩去。

在一大商厦前，她停住要我陪她去逛，我看着那喜马拉雅山似的大楼发愁。

她手机忽然响起，她“喂”了一声后，声音立马柔和下来。故意躲开我，嗯嗯啊啊地说了半天。

挂了电话，她又恢复了妖孽般的活泼好动。

她说她不想去商厦了，她要去儿童游乐园玩。

我们到达的时候，游乐园里都是孩子。我说我们都是大人了，还去玩这些东西不好吧。

她一副要发火的样子：“你玩还是不玩？”

“玩，玩，玩。”

我们坐在旋转木马上，周围都是孩子们欢快的笑声。

她咬着冰激凌，夜风吹着她的脸、她的发，她骑在彩色的木马上，一圈一圈地轮回，她的脸又红了，天其实很冷。

她坐完了旋转木马又要我陪她去坐海盗船，我特别害怕那个东西，我说我会吐在你身上的！

她像狱警拖死刑犯上刑场一样将我拖到了海盗船上，才翻了几圈，我可耻地吐了！

我头晕目眩，已经说不出话。

我以为我快死了的时候，船停了。她扶着软成面条的我走下船。我一屁股坐在地上，我什么都不想，只想倒地而睡。

颜颜说："曹小木，你没事吧？"

我说不出话，只能摆手。她跑去给我买水，我喝了好多冰凉的矿泉水后，恢复了一些。

我颤颤巍巍地想站起来，颜颜扶住我。她满脸担忧与自责："我真的不知道你会晕成这样……"

我说我要坐会儿，她把我扶到游乐园的花坛边坐下。夜风吹来，我感到头更晕了。

我不由自主地倒在她怀里。

她搂着我，我发现我在船上吐的时候弄脏了她的衣服。我有气无力地跟她说对不起，我赔她衣服。

她很大度地说："没关系，回去洗一下就好了。"

后来我好像睡着了，迷迷糊糊中觉得有人在托我，感觉上了车，中间我艰难地睁开眼，发现车窗外的霓虹一闪而过。我又沉沉睡去。

醒来的时候，我在陌生的房间的陌生床上。清晨的阳光穿过巨大落地窗，星星点点洒在深色的原木地板上，我翻了个身，发现自己躺在一天鹅绒的大床上！

我像头一次进城的陈奂生一样，蜷起腿，怕把被子弄脏。

"你起来了？"

颜颜探头进来，她穿着白色的蕾丝睡衣。胸部若隐若现，我盯着她的胸看，冷不防被她一栗子砸头上。

"起床吃饭。"

她丢下一句话就跑了出去。

我坐在那个典雅别致的四人饭桌前，显得手足无措。

桌上摆着煎蛋，牛奶，还有样子很好看的蛋糕。

她逼我吃完了她做的全部东西，我的腮帮子鼓得像被打肿了一样。

她做的东西好看程度和味道成反比，不过针对她不停地提问好吃吗，我喜笑颜开地回答："好吃，真好吃！"

她打车送我回学校。

她伸手招停了一辆桑塔纳，"快回去吧。"

她这么说完就转身钻进了带了无数铁网子的电梯。

桑塔纳的主人狂打喇叭："走不走啊？"

我摸了一下兜儿，没钱了！

昨晚付毛衫的钱和玩旋转木马、海盗船已经将我身上的钱给榨干了。

我只好红着脸说，不坐了。

司机骂骂咧咧，猛地一脚油门，破车突突地蹿了出去。

我拍拍手掏出公交卡，脚步轻快地去公交车站挤公交。

第二天，颜颜约我在学校门口第一家奶茶店碰头。

那家店除了卖奶茶，还卖红茶、意大利比萨、蛋糕等无数东西。颜颜先点了一杯红豆奶茶，要了一份意大利比萨，然后将书包往桌上一扔，盛气凌人地看着我说："曹小木，你想吃啥，我请客！"

那天，她很和气地和我聊了很久，我们相处得很愉快，我甚至给她讲了许多她听都没听过的诗人们的骚包轶事，她总是对这种事很感兴趣。

她甚至自己得出了一个结论：写诗的人性欲都比较旺盛！

她说这句话的时候戴着耳麦，口无遮拦，说得很大声，整个店里的人都向我们看了过来。

在大家耐人寻味的眼神中，我无比羞愧地低下了头！

颜颜忽然一本正经地说："你平时都太低调了，许多老师和学校领导都不知道你会写诗，你们学院就是太安静、太小气了。搞不出大型的、重量级的活动，哪怕是诗歌方面的！"

她说她要通过校学生会的活动隆重推荐我！

很快，校学生会牵头组织了一次大型的诗歌朗诵活动，颜颜将我隆重推荐了上去。

那天的朗诵无比隆重，L城里那些很少露面的诗人作家都来了。

我第一次站在灯光闪烁的舞台上，读自己的诗歌。不敢看台下，舞台上明晃晃的大灯照得我汗流浃背，身上像有无数只蚂蚁在爬。我很担心，我无比担心小巴知道我的所作所为，他已经完全和学生会脱离了关系，甚至是学校，他讨厌学校举办的任何与诗歌有关的活动，从内心里鄙视。

我低着头像放鞭炮一样噼里啪啦地读完我的诗歌。掌声响起，我下台的时候特意看了一眼观众席的第一排，L 城里很牛的诗人都坐在那里。

老薛！

我看到一张桌签上写着老薛的名字。

我难掩心中激动，下台的时候几乎跌倒！

老薛是 L 城诗界的传奇。这是我第一次见到老罗和亚哥他们时听到的话。他的诗震毙了一批老学究，一批沽名钓誉的老古董，许多年轻人都以他为标杆写诗。

我回到台下，问颜颜，我读得怎么样。

颜颜说："非常好。虽然你的普通话烂得像屎一样。"她说完哈哈大笑。

观众却开始骚动起来，我看到老薛竟然上台去朗诵他的诗了。

我不清楚老薛是哪儿人，他长得确如老罗他们所说，老当益壮，风度翩翩。和四十几岁的老薛比起来，我这二十几岁的小伙子都相形见绌！

老薛朗诵了一首带着古风的诗歌，带着《诗经》甚至南北朝民歌的印记。但是，它们却是那么好听，那么清澈宁静。

老薛在台上朗诵的时候，目光不时地向我的方向看来。我有些羞愧，甚至不敢和他的目光相迎。

朗诵会结束的时候，我和颜颜往外走。路上不停有人和我们打招呼，并说："你的诗真好。"

那些话对我很受用，对颜颜也很受用。她像我的女朋友一样挽着我的胳膊，兴高采烈，她的脸又红了。

我问她脸为什么红了，她说是热的。

我说："颜颜，我请你吃大餐吧。你说，你想吃啥?"

她歪着头想了一会儿，对我说："我们去吃火锅吧，自助的。"

我们去L城最大的自助火锅店吃火锅。

我们是坐公交车去的，在车上，没有座位，只能抓着车内的栏杆随着车晃荡。车内很拥挤，一个老男人挤到了颜颜的身边，借着车的晃动，有意无意地向她身上靠。

我一把将颜颜拉到我的前面，她面朝着我，搂住我的背。老男人有些尴尬地看着，想必心中无比激愤!

吃完火锅，我和颜颜没地方去，最后决定在校园里转转。走到图书馆前，一个男生正好从图书馆里出来。那男生看见颜颜，隔了老远就跟她打招呼。

"颜颜！颜颜!"

他喊得分外热情。

颜颜高兴地回应："我在这里!"

我放慢了脚步，跟在她身后，很自然地和她拉开了距离。

那个老远就向颜颜打招呼的男生是学生会主席王哲，外号"十一刀"。我也不知道那么清瘦帅气的男生怎么会有一个如此杀气腾腾的外号。十一刀这个外号是火柴告诉我的，火柴有个老乡是学生会副主席，知道许多学生会里操蛋的事。但他没告诉过我为什么校学生会的主席外号叫十一刀。

我曾在许多活动上见过十一刀，每次大型活动他都是忙前跑后，脖子上挂了个大牌子，呼前喝后地指挥，遇到老师脸就像桃花一样绽放盛开。

他们在图书馆楼前昏暗的路灯下讲话。过了一会儿，十一刀走了。颜颜回过头来找我。她走到我身边的时候，我对她说："我帮你提包吧。"

颜颜疑惑地看着我："为什么?"

我说："我只是觉得你的包里面装了好多的书，应该很重的。"

我同她讲这些话的时候，忽然觉得有些伤感。其实，我也不知道我为什么就伤感了起来。那夜，北方的风有些狂乱，将我同颜颜的头发全部吹乱，有些风绕着我的脖项钻进了我的胸口。我感到一股冰凉自心底升起，并伴随着一种迷离般的无助和慌乱。

“颜颜，我想抱抱你。”我接过她的包的时候，这样对她说。

“抱吧！”她很大方地张开双臂。

我抱着她，她拍着我的背对我说：“小木要乖乖的。”

我竟像一个孩子一样趴在她肩上哭了，无数肮脏的泪水污染了她的衬衣。

我松开她说：“我好了，恢复了。我们去找个地方坐坐吧，风大了。”

在一家装潢考究的烧烤酒吧，我问颜颜为什么要来这儿。

颜颜说：“喝酒。”

我以为是只有颜颜和我两人一起喝酒，但当我进入那个豪华包厢的时候才发现，其实里面已经坐了好几个人，他们都是颜颜在学生会的朋友，并且十一刀也在！

看到这样的情形我只想快点走掉，我转身想离开，却被颜颜一把扯住，并命令道：“你坐下来喝点。”

我看走不掉，就找了个沙发角落坐下。颜颜从桌上拿了一杯啤酒递给我，我拿了酒就坐下来一个人慢慢喝。有人把灯关了，一群人开始疯狂地在黑暗之中群魔乱舞。

我缩在沙发的角落里，看他们狂欢、大叫。许多男生女生的腿借着昏暗的灯在我眼前晃来晃去。

我想看清颜颜是否也夹在人群中狂欢，我在人群中搜寻了好久，终于看见了她。她也扭动着身体，在舞池中和十一刀对舞！

我的偏头疼又犯了，我死命地按太阳穴。急躁的音乐总会让我的神经性头疼一次次发作。

我把杯子里的酒喝完后贴着墙角溜出去了。

酒吧外面的风很大，路灯昏暗，不知道在酒吧里颜颜给我喝了什么酒，走在路上，头没那么疼了，但一种醉酒般的头晕目眩又袭了上来。夜风吹落了很多路边的树叶，有个长头发青年抱着电吉他坐在破旧的音响上弹唱，嘶哑的声音在夜风中被狠狠地吹散。

我到了学校图书馆的天台上，在夜风中抽烟，一根接着一根，直到东方的天空露出了鱼肚白的颜色才回去了。

第四章　小巴恋爱了

一只蝴蝶
就在白天　我还见她独自在纽约地铁穿过
我还担心　她能否在天黑前赶回家中
那死亡被蓝色的闪电包围
金色茸毛的昆虫　阳光和蓝天的舞伴
被大雷雨踩进一摊泥浆
那时叶子们紧紧抱住大树　闭着眼睛
星星淹死在黑暗的水里
这死亡使夏天忧伤　阴郁的日子
将要一直延续到九月
一只蝴蝶在雨季死去
这本是小事一桩
我在清早路过那滩积水
看见那些美丽的碎片
心情忽然被这小小的死亡击中
我记起就在昨夜雷雨施暴的时候
我正坐在轰隆的巨响之外
怀念着一只蝴蝶

——于坚《一只蝴蝶在雨季死去》

我和小巴、火柴并坐一排在学校操场的看台上，耷拉着腿。操场上是一圈一圈跑步的肥胖女生，我和火柴吸着烟，仰头看天上的飞鸿，暮色四合。操场里进来了一群身着军绿色短裙的校园女护旗兵。她们身材高挑，胸部挺拔，我和火柴扔掉烟，紧盯着那正在操练的女生看。

小巴还在发呆，一副无比忧愁的样子。

我们都觉得小巴一定是恋爱了。

恋爱了的小巴开始变得沉默不语，有天晚上甚至开始用电脑放吉他弹奏的《真的爱你》，曲意悠扬，我们围坐在陋室之中，等待着黎明的光明。

我们都急切地想去了解小巴恋爱的对象，她长得好看吗？是否会写诗？

小巴守口如瓶，他不仅变得沉默寡言，而且很少参加活动。我很少再听到他激情澎湃地朗诵诗歌，他经常很晚才跑回来，敲宿舍楼下的大铁门，悄声叫楼管给他开门。管楼的大妈每次都是骂骂咧咧极不情愿地去开门。我侧耳倾听楼下各种声响，其实，我也失眠了。

春天来临了，气温一天比一天温暖，那些沉睡在冰天雪地里的事物都渐渐苏醒。春花开始烂漫，春草开始勃发，我们这群写诗的人看着街上那些衣着逐渐暴露的女生，内心也逐渐焦躁起来。

小巴开始夜不归宿，火柴说小巴这小子一定是和姑娘开房去了。

我不置可否。

颜颜的出现无比惊艳了我们。

她背着小小的白色书包，一头笔直的栗色长发。她的笑在黄昏里显得甜美纯真，仿佛暮色不再四合，黑夜不再降临。

小巴焦躁而喜悦地跳下台阶，他跑到美丽姑娘的面前，语无伦次地说话。火柴也急急地跳下台阶，脸开始泛红，像小巴一样开始语无伦次，手足无措。

只有我依旧坐在台阶上，脑海中波涛汹涌。

他们怎么和颜颜认识了？阿亮介绍的？有多熟？

我心中各种不好的预感。

我偷偷地用我凌厉的眼光抚摸她，她的每一根睫毛，每一寸皮肤。

黄昏下，她的笑那么完美无缺地绽放在脸上，眼波婉转，我坐在台阶上搜肠刮肚般想词语来形容那种动人。

我悲哀地发现我的语言是如此匮乏。

我们坐在校外一家装修考究的西餐店，小巴拿着服务生送上来的菜单看了很久。我铁青着脸，一言不发。

火柴忽然问小巴："小巴，这是你对象吗？"

颜颜正在喝饮料，听到火柴这么说，被呛到了，剧烈咳嗽，小巴赶快给她递纸巾，颜颜喘匀了气后说："不是啦，我们是好朋友而已。"

她说完，有意无意地看了我一眼，仿佛那句话是专门说给我听的一样。

见我满脸不高兴，颜颜在火柴和小巴去卫生间后，移到我身边，戳戳我的胳膊说："不要生气了，待会儿吃完饭，我们一起去逛街。"

正在这时，小巴在老远就叫了起来："小木，你们菜点了没？"

颜颜急忙回答："没呢，没呢，等你们呢。"

小巴过来后，脸色有些不好看，拿着菜单看了半天也没点一个菜。

颜颜从小巴手里抢过菜单，看也不看，哗哗不到十秒就报了一大堆菜名。我和火柴看得目瞪口呆。

吃完饭，我们在学校周边的一个小公园赏景，那里有假山，流水，复古的亭子。

颜颜说头疼不舒服。小巴自告奋勇上去照顾她，她竟然没有拒绝，我有些生气地刻意与她保持着距离。

颜颜跑到我身边，抓住我的胳膊："小木，今晚的饭好吃不？"

我躲着她，不让她抓我的胳膊。

"你怎么老是躲着我，都不让我碰你？"她小声地嘀咕。

我小声地回答她："不是有那么多的人要碰你吗，又不差我一个！"

她很生气地松开了我的手，说："那我离你远点好了。"

在一处凉亭前，火柴建议大家合个影。火柴和颜颜都站在了我的身边，颜颜靠在我的肩上，我想往边上挪一下，火柴用胳膊肘捅我："你再挪你边上的姑娘就要生气了。"

小巴和火柴提议天黑的时候去唱歌，北方的天黑得晚。我们在假山之间穿梭，黄昏的风很大，我感觉有些冷，就离开他们，独自站在一个凉亭前看天空的云。

颜颜和小巴一起散步去了，见到我一个人坐在凉亭子里看云，她就过来坐到我身边。

“小木。”

她叫我。

“怎么了？”我头也不抬。

她还想对我说些什么，小巴过来了。

“你们在聊啥呢？”小巴有些担忧地问。

颜颜说：“没聊啥。”

“走，去唱歌了。”

小巴说完就想去拉颜颜的手，眼神瞥到我就赶忙缩回手。

我说：“你们先去，我随后就来。”

颜颜看了我一眼就随着小巴和火柴走了。

我深吸了几口气，调整了下心情进了 KTV。

小巴和火柴他们要了很多的酒。我一进去，大家都招呼我喝酒。

颜颜说：“小木不能喝酒，他最近胃不好。我代他喝吧。”

他们说不能喝酒就喝饮料吧。

颜颜一到 KTV 就活泼起来，我才发现她原来是一个如此爱玩的姑娘。

她跑到小巴的跟前搭着他的肩，要和他喝交杯酒。小巴面红耳赤，心跳加速。小巴握着她的手和她说话，她竟然不反对！

现场气氛有些怪异，我坐在沙发上喝饮料，努力克制自己想上去抽她一耳光的冲动。

火柴举着个电话挤到我身边说：“阿亮说他过来了，我们去接一下。”

我们刚出门就碰到了正在往里走的阿亮，他有些疲惫。

我说：“走，进去喝酒去。”

阿亮进来的时候，颜颜像主人一样热情地招呼他，火柴介绍了阿亮是他们文学社的社长后，颜颜说："我们早就认识啦！"

火柴、阿亮他们划拳喝酒。

我坐在沙发的角落，开始讨厌起这种喧嚣的环境。我一杯接一杯地喝酒，颜颜正满场飞奔和小巴、火柴他们打情骂俏，没有注意到独自在角落里喝酒的我。

小巴喝高了，他忽然站起来对颜颜说："颜颜，我喝醉了，你送我回去吧。"

说完就拉着颜颜往外走，我抢上前来说："我送你吧。"

小巴下楼的时候还捏着颜颜的手，到楼下的时候，他吐了，蹲在马路边很难受的样子。

我扶着他往宿舍走，颜颜一句话也没说，很安静地跟在我们后面。

小巴已经醉得一塌糊涂，眼睛血红，嘴里一直在叫着颜颜的名字。

我回头很正经地对颜颜说："颜颜，小巴叫你呢，你不过来？"

颜颜上来踢了我一脚："你还要继续闹吗？"

我一时无语。

我们把小巴送回宿舍后和颜颜一起往回走。

路上，颜颜一下跳到我背上，对我说："小木，刚才我被小巴拉走的时候你一下就站出来了，你很在乎我吗？"

"我是怕小巴半路上走不动了，你扛不动。"

她又想踢我，我急忙躲开了。

我们回到KTV的时候，阿亮他们已经喝得烂醉。

我们决定包夜通宵喝酒唱歌。后来大家困了，倒在沙发上开始睡觉。

颜颜本来被安排到一个独立沙发去睡，但她跑到我们男士这边，躺在了阿亮边上。

颜颜躺在阿亮身边的时候气氛一下就暧昧起来，空气变得黏稠起来。

阿亮佯装睡去，趁机将手有意无意地搭在颜颜身上。

颜颜回头看我："小木，你睡不着吗？"

我说："一会儿就睡着了。"

"是不是我们说话吵到你了？"

"没有，我一会儿就睡着了。"

说完，我拉衣服盖住头，佯装睡去。

颜颜和阿亮小声地聊天。我装作无意翻了个身。

颜颜以为我醒来了，停了声。

见我只是翻了个身，便起来给我盖衣服，我翻身的时候外套滑落了。

她给我盖好衣服后就一直没有睡觉，一直和阿亮聊天。中间很多次谈到了我，我一直睡不着，翻来覆去。我爬起来，说要去上厕所，颜颜问我："你是不是偷偷喝酒把胃喝坏了？"

我说："不是，我就是有半夜要去尿一下的习惯。"

我在厕所蹲着的时候感觉好很多，我在 KTV 里"睡着"的时候看到颜颜被别的男生搂着睡觉聊天，总觉得身上有很多黏稠的液体流淌，气闷压抑，我甚至想一脚踢掉整个卫生间！

在臭气烘烘的厕所，我蹲着抽烟，一根接一根，水汪汪的夜晚，偶尔经过的夜班车的车灯晃过厕所上方的小窗子。我抽到第四根烟的时候，听到外面有人叫我。

"小木，你在哪儿？"

是颜颜的声音。

我隔着厕所的门回应她："我当然在厕所了。"

"你没事吧，都好半天了。"她显得关切。

我说："我就出来。"

我准备出去的时候，发现腿已经麻得挪不动步。

最后，我扶着墙走出来。

颜颜看见我的狼狈样子，上前来扶我。

"小木，你怎么了？肚子吃坏了？"

"不是，是脚蹲麻了。"

她扶着我回去，如同照顾一个病人一样照顾我。

阿亮过来要给我揉揉腿，我说躺一下就好。

我们睡意全无，四人开始聊天。

“我高中有个喜欢的姑娘。”

颜颜显得不高兴，虽然她知道我在高中时喜欢过某个姑娘，但在别人面前把这些事说出来还是令她感到不快。

“小木，你一定会找到你真正喜欢的姑娘的。”

她的声音低哑，阿亮拍着她的背问她：“颜颜，你不舒服吗?”

“我头疼得厉害。”

她说完就坐到我身边，趴在我腿上开始睡觉。

我还为颜颜和其他男生打情骂俏的事生气，于是我想将她推开，她撒娇似的抱住我。

我叫她：“颜颜，起来吧。”

她不应我，只是趴在我腿上睡。

阿亮说：“我看出来了，你们俩肯定关系非一般，刚才是不知道，对她动手动脚的，小木，你不要生气。”

我甚至想对阿亮说我都和颜颜上过床了，让他们以后离她远点，但我只是重重地叹了口气。

火柴神色紧张地看着我，他担心我和小巴会不会干一架。

颜颜趴在我身上睡去，阿亮露出羡慕的神色，她身体无比柔软，一度我有了想抱她的冲动。我一把将她推开，我说我还要去上厕所。我给她盖上了我的外套，然后，逃跑般逃出门去。

出了门，我长长地出了一口气。

房间里的味道太暧昧，颜颜一个人就可以把房间里的味道弄得暧昧无比。我、阿亮、火柴都感到无数的荷尔蒙在房间里飞舞。

阿亮让我把颜颜送回去，我摇摇头说我还有事要去做。颜颜问我：“小木，你不送我吗?”

我回答：“不是有那么多人想送你吗?”我还在对昨晚的事耿耿于怀。

她说：“我脚疼，你背我回去好不?”

我说：“我背不动你，我小胳膊小腿的。”

颜颜站在我面前，咬着嘴唇，努力控制着自己。

“我们走吧。”

她转身对身边的阿亮说。

阿亮看着我不知道该怎么办，他喜欢美女，对美女的要求拒绝不了，但是他可能已经猜到我和颜颜的关系非同一般。他是我的好兄弟，他很讲义气，他左右为难，立在原地。

“就当她是你嫂子，你把她安全送回去。”我走到阿亮身边悄声对他说。

回去的路上，火柴忽然对我说：“你知不知道小巴也喜欢颜颜？”

我不言语，抽了一路闷烟。火柴也沉默着，路上不断有豪华的跑车在深夜碾过街上干枯的落叶，在昏暗的路灯下扬起一片尘土。以往这种场景下，我们都会莫名地开始朗诵诗歌，大声背诵那些分行的句子宣泄我们心中的愤懑与不安。

而今夜，我们都沉默了。

“小木，你觉得颜颜是一个什么样的人？”

我没有回答火柴。

“我，我不知道。”

其实，我真的看不穿颜颜，她就像黑夜一样，深不可测。

在那个黑色的夜晚，我的眼睛是黑色的，心是黑色的，我的爱情与梦想也是黑色的。

第五章　我们成立诗社了

如今的日子
更显得虚弱和怯懦
它就像一个
不久刚受过侮辱和折磨的人
你看它走在街上躲躲闪闪
它或许永远也不会忘掉
一个好端端的白天
是怎样在日落的时候
被一只伸过来的大手
凶狠地抓住头发拽走

如今的日子
更显得虚弱和怯懦
它同街上的
那剽悍而又灵活的寒冷
形成鲜明的对照
你看寒冷在人群中
是多么肆无忌惮
而你呢？即使你所碰到的风
并不是什么强有力的对手
看样子你也会被它一拳击倒

——芒克《如今的日子》

学校艺术节征集朗诵诗稿，征文启事上说如果录用，稿酬丰厚。

我和小巴带着诗歌去学生会办公室交稿。

“你要是再把事干成这样就不要来了，反正我们学生会不缺人！你瞧瞧这些天你都干了些啥，任务布置下去那么久了，你就给我弄出这么点东西！”

还没进门，我们就听见里面传来一阵阵呵斥声。

在虚掩着的门口看到里面一男生正盛气凌人地训斥一女生。

我咚咚地敲门，他们看到了立在门边的我。

那男生的训斥被我打断，满脸不高兴！

他板着脸问我们是干吗的，我说我们是来交诗稿的，他说给他看。

他看完了我和小巴的诗稿，脸上开始流露出温和的神色。

“就是这两篇了！”

他对旁边那个刚被他训斥的女生说道，女生转过身，我和小巴怔住了，是颜颜！

“官老爷”说完，昂首挺胸走出门去，看都没看我们一眼。

颜颜冲我们吐吐舌头，小巴小心翼翼地交了诗稿，我一言不发地转身走掉了。

不顾颜颜和小巴在身后大声地叫我。

艺术节诗歌朗诵那天，我被火柴和小巴强拉去了，我坐在观众席的第一排。小巴不负众望争取到了上台朗诵的机会。小巴得知自己要和颜颜一起在台上朗诵他的诗歌后异常激动，破天荒地请我和火柴吃了一顿大餐。其实，他刚被老师挂了两门课，不过他早把挂科的事给忘得一干二净了。

他开始向我们借钱，屁颠屁颠地去名牌店里买新衣服，站在镜子前精心练习背诵。

他说他要脱稿朗诵，这样大家更会相信这是他写的诗歌。

看着忙碌的小巴，我把通讯录里的颜颜删除了。

那晚小巴一表人才，道貌岸然。

颜颜上台了，白色的纱纺裙，轻盈美丽如仙女，她既是主持人又是朗诵者，她举起话筒，小巴无比紧张地等着颜颜请他上台。

“很高兴能参加今天的诗歌朗诵活动，下面有请学生会主席王哲同学上台和我一起朗诵这首《花开的时光》!”

观众席上掌声雷动，我有些紧张地看着小巴静止在座位上，嘴角不停地抽动。

我觉得他时刻都会爆发，我示意旁边的火柴，驾着如同僵尸般的小巴离开了现场。

我们在校外一个破旧的啤酒摊前坐着，老板在烟熏火燎地烤羊肉，小巴依旧一句话也不说，但他剧烈起伏的胸口告诉我们，他异常气愤!

我们开始喝酒，一箱一箱的青岛啤酒，我和火柴不知道该怎么去安慰他，只能舍命陪他喝。

小巴喝醉了。我和火柴送他回宿舍，在回宿舍的路上，小巴踏着醉步，红着眼睛开始朗诵那首本该在灯光闪烁的舞台上朗诵的诗歌。

我和火柴把软面条一样的小巴拖回了宿舍，小巴噜噜苏苏地问我：“小木，你和颜颜有一腿吗?”

我将他扔在床上，给他拉上被子，他又问了相同的问题。

我无比心虚地问他：“小巴，为什么这么问?”

他没有回答我，红着眼睛又开始朗诵诗歌，甚至胡言乱语。

我对火柴说：“走吧。等他醒了就好了。”

在小巴宿舍外的水房洗手，冰凉的水从我的手指间流下去，我饶有兴味地看它们，再次失神，我想到那个黄昏，我和颜颜坐在山顶的凉亭，她的嘴唇划过我的脸。

小巴呕吐的声音从宿舍传来，火柴跑进去照顾他。

小巴真的醉了。

一个星期后小巴约我到学校图书馆前商量事情。

那天，风很大，夕阳将家属楼照得分外美丽。

小巴蹲在图书馆高大的台阶上。

“小木，借一千块钱给我。”

小巴丢过来一根烟。

“你把我卖了得了，我上哪儿找一千块钱借给你?”

我紧挨着他蹲下：“老实交代，你要那么多钱干吗?”

“我决定成立一个诗社，名字我都想好了，就叫芦苇草诗社，我和阿亮、火柴他们已经拟定好了章程，亚哥、老罗、冬野都是顾问，周子老师是诗社的指导老师。”

“只是，万事俱备，只欠东风了。布置会场、印刷宣传品、成立仪式都要钱，而且是很大一笔钱。”

“要多少钱?”我问他。

“大概五千左右。”

“五千！小巴你疯了吧!”

我差点跳起来喊道。

“是有点多，我也知道很难，但要做我就想做得最好。”

“能不能找学校赞助呢。”我开始给他出主意。

“我成立诗社就是不想再在学生会那帮贱人的淫威下搞诗歌，我们自己搞，自己成立一个联合所有L城青年诗人的民间诗社!”

他说得义愤填膺，我知道他还对那晚学生会主席抢了他的朗诵资格耿耿于怀。

“办不到就算了吧，我们哥儿几个坐一起也能谈诗。”我安慰他。

“我一定要把诗社办起来!”

他大踏步向前走，留给我一个“风萧萧兮易水寒”的背影。

两个月后，小巴打电话给我，让我去参加诗社的成立仪式。

小巴不负众望，他拉到了赞助，他筹到了五千块钱。

小巴说他和火柴先去布置会场，他派文学社的人来接我。我说我找不到地方，小巴说派来的人会在校门口等我。

但我到达他们校门口的时候，发现只有一个缩在值班室里瑟瑟发抖的保安。

我向来是个遵信守约的人，所以，我就在校门口等着。我等了一个小时，还没见人来。那天手机没电了，也联系不上小巴，就只能干等。

我想，既然都答应来接我了，那肯定会来接我的。

又等了很久还是不见人来，我想，再这样下去，在那个接我的人把我接上之前，我可能已经冻死在校门口了。

当然，最后，那人把我接上的时候，我还没有被冻死。

接我的是个个子很高的女生，很年轻，穿得比我还单薄。

她见到我的时候，我的脸被冻得发青，头发一根根全往天上翘起来。

她戴着口罩，让人捉摸不透她漂亮还是丑陋。我们在寒风中站着互相自我介绍。

后来门卫室的门卫跑出来，让我们不要在校门口谈情说爱。

我刚想辩解我们不是在谈情说爱的时候，那个姑娘抢在我面前说："对不起啦，叔叔，我们马上就走。"

我还想据理力争一下，她拽着我急匆匆地往前走了。转身的时候，我发现我处在上风口，就偷偷地对着那个门卫放了个恶毒的屁。

当然他不一定能闻得到，他已经转过身向他的值班室走去。而且，他的食指和中指间还夹着一支燃烧了一半的香烟。我的屁和他的香烟可能混到了一起，他已经分辨不出来了。

诗社的成立仪式在附近大学一大阶梯教室内举行，到的时候看到小巴和火柴他们正在忙着布置会场。

那天L城很多青年诗人都来了，还有许多高校文学社。我看到主席台上的一块桌签上写着"曹小木"，在我桌签的左边是火柴，右边是周子！顺延过去是亚哥、老罗、冬野，还有几个没听过的名字。

火柴看到了我，跑过来对我说，周子老师来了，我们出去迎接一下。

刚和火柴走出大门，就见到迎面走过来的周子一行人。周子不认识我，虽然我上次找他签过名，但他依旧不认识我。他认识火柴和小巴，他高兴地和火柴打招呼，看到火柴旁边的我后，问："这是?"

亚哥急忙介绍："这是曹小木，青年诗人，诗写得非常不错!"

亚哥在周子的心中是有地位的，亚哥隆重地介绍我，让周子不得不多看了我一眼。

我嘻嘻地笑着，把周子他们迎进去。一行人在主席台上坐定，就开始各种寒暄，各种吹牛，各种夸耀周子的诗歌和人品。

我缩在我那张小小的桌签后面，看着台下黑压压的一片人。

亚哥和火柴都围在周子身边讲话，我有种离群索居的孤独感。索性我拿起笔趴在桌子上开始涂鸦，有人拍我的背，我转身看到是小巴。他先前一直在忙着布置会场，我进来都没和我打过招呼。

“小木，你怎么不和周子老师聊天，你要学着混人脉，你看，现在人家周子都不一定认识你。”

听到小巴的话，我的脸刷地就红了。

“诗歌会还要半个小时才开始。”小巴邀我出去走走。

我们在校园里闲逛，小巴出去之前还专门跑到周子老师跟前说了半天的话。我倚着门口的铁门等他，他显得如此活泼，充满了诗意，完全不是不久前还被颜颜伤害了的失恋者，相反，我则像打败了仗的败兵，颓废地杵在门口。

一路上，小巴狠狠地数落了我一顿，他已经在L城的诗歌圈子里混了几个月了，这几个月，让原本那个愣头青的小巴变成了现在L城诗歌界的新秀。L城诗歌界有点名气的诗人都认识他，他和他们一起喝酒吃饭，谈论诗歌，俨然已经是那个圈子里的一员了，我知道他这是要做给颜颜看。

那天小巴语重心长地跟我说：“小木，你就是人太实诚了。诗歌是个圈子文学，你不进入这个圈子，你写得再好，别人也不承认你。在这个圈子里，你必须把自己打造得很牛的样子，因为只有你很牛了，别人才会重视你，记住你，往外推荐你。”

小巴主持了诗社成立仪式，在开幕仪式上，小巴首先隆重地介绍了出席这次活动的周子、亚哥、老罗一干人等。

在介绍到我的时候，小巴刻意隆重了一些，并说我和火柴一直都积极地和他忙碌筹划成立诗社的事，我感激地看了小巴一眼。

周子老师做了开幕式演讲。

“我们应该诗意地生活在这个世界上，即使我们一无所有，即使我们两手空空，但有了诗歌我们就无比富足！”

他讲得如此慷慨激昂，令我也热血沸腾起来。

“我们的生活太荒芜了，我们每天追求金钱、权力，我们忘记了诗歌，忘记了信仰，甚至忘记了我们本身！”

他顿了顿继续讲道：“前不久，青年诗人小巴找到我，说他想成立一个面向L城所有青年诗歌爱好者的诗社，让那些热爱诗歌的青年可以聚在一起，在诗歌中找寻到自己。我当时就觉得这是一个有理想的青年，是一个有担当的诗人，我大力支持他！”

我们开始像联合国开会一样，投票选举出了诗社第一届领导。候选人是小巴推荐的，我排在了候选人的第二位。

选举的结果：小巴社长，火柴和我副社长。

活动快结束的时候，小巴让我和火柴同他一起大喊“芦苇草”这三个字。因为羞赧，我们喊得一点都不整齐划一，像颓废的败兵归营一样叽叽喳喳。小巴开始煽动下面的观众和我们一起喊。他像个大明星一样站在台上挥手大喊着：芦苇草！芦苇草！

他声震寰宇，现场气氛一下子热烈起来。

活动结束后，我和火柴、小巴往宿舍走，小巴一路唠叨。他说这个城市要办一个诗社是多么艰难，那些牛逼的诗人比非诗人还势力！

回到宿舍的时候，小巴躺在床上，他的眼睛依旧血红。我知道他很累了。

第二天，小巴告诉我：“亚哥愿意把他的工作室借给我们作为办公和聚会的场所。”

星期天，我和小巴、火柴、阿亮搬了很多东西去亚哥的工作室。

亚哥的工作室在城南的大学城边上的一个自建旅馆里。那里因为毗邻大学城，所以各种小旅馆林立，每晚都有无数的学生情侣去开房。

亚哥和老罗在这片小旅馆的海洋中租了一家旅馆二楼的三间房子。房租倒是便宜，但亚哥经常抱怨上厕所和接水都得去一楼。

房东一家都住在一楼，一楼还有几家住户。二楼除了租给亚哥和老罗外，还租住了一对学生情侣和一个单身女人。

亚哥和老罗租的三间房子中，两间被亚哥和老罗当作卧室，一间作为吃饭、喝酒、待人接客的客厅兼工作室。

现在，亚哥和老罗把他们的工作室无偿地捐献给我们作为诗社办公和聚会的场所。

那是一间十二三平方米的小房子，窗户很小，夏天门窗关住的时候，能把人热得虚脱，冬天没有暖气，只能靠电暖度日，还得忍受半夜楼上楼下气血旺盛的学生情侣们制造出的种种声响。

“但毕竟我们诗社有了办公和聚会的场所了。”

小巴在说这句话的时候，正拿着小铁锤啪啪地将那块写着“芦苇草诗社”的牌子钉到门框上。房东的老婆，那个肥胖的大妈穿着拖鞋就噔噔地上楼来了。她叉着腰呵斥小巴说他把门框给搞坏了，又抱怨亚哥和老罗不应该把陌生人领进来。

“晚上不准留宿！不然公安局查到了，罚款得你们缴！”

她又啪啪地下楼，铁板焊接的简易楼梯被她踩得一阵乱响。我们一群人在她的淫威下唯唯诺诺。

“唉，以后搞活动少不了受这骚娘们儿的气！”火柴一屁股坐在破椅子上，唉声叹气。

“至少我们有地方了。”小巴一直说这句话安慰大家。

“开始布置吧！”小巴拿起桌上的写满诗句和口号的字画准备挂满整个房间。

黄昏的时候，我、小巴、火柴、亚哥、老罗骑着租来的单车在城南游荡。我们从城南往市中心骑，一路上建筑越来越繁华，穿着前卫的男女出入各种灯火通明的商厦、饭店、咖啡厅、酒店。

亚哥一路对过往的美女吹口哨，美女们大多对他不屑一顾，还有少数的人报以微笑。

亚哥是我们这个圈子里的老流氓，亚哥会和他认识的任何妹子开荤玩笑，不论美丑！老罗对妹子不怎么感兴趣，他感兴趣的是抽烟喝酒，每个想和老罗拼烟或者拼酒的人都会被老罗整得相当惨。

在一家茶楼前，我们都停了下来，那里正进行着一个摇滚音乐表演。主音吉他手一段无比华丽的 solo（独奏）让无数过往的行人都停了下来，包括我们。

那个长发的吉他手一甩头发，我惊喜地喊出来："是他！"

亚哥用胳膊肘捅我："你认识？"

"是啊，他在我们学校街边卖唱的时候，我给过他十块钱。"

乐队表演完后，吉他手径直穿过人群走到我跟前："这么巧啊。"

他竟然对我还有印象。

亚哥将烟扔在地上，一脚踩灭，隔着我就伸出手来："你好，我叫亚哥，想拜你为师学吉他！"

街边廉价的烧烤啤酒摊，亚哥和吉他手山子摩拳擦掌准备大干一场，不醉不归。

山子和亚哥、小巴越谈越欢。当他得知我们还有一个诗社的时候，立刻说要加入。

小巴说，欢迎，欢迎。音乐自古和诗歌不分家！

回去的路上，小巴一直在赞叹山子的吉他技术简直出神入化。山子邀请我们去他住的地方小聚一番。

去的路上，大家都在猜测山子住的地方有多么豪华，多么有艺术家气质。

山子将我们带到了一个拐七扭八的小胡同里，在我们被绕得晕头转向的时候，他说到了，带头钻进了一幢三层小楼的地下一层。我们看到那些楼梯里的垃圾桶里塞满了各色垃圾，不时有暗红色卫生巾冒出头来。

山子打开门，十几平方米的屋内一床一桌。床边的纸箱子里堆满了吉他谱和音乐杂志。

"屋子小，大家各自找地方先坐。"他说完就出去找房东借凳子去了。

回来的时候拎回来了好几个塑料凳子，我们围着他仅有的一张木桌子坐下。他开始给我们烧水沏茶，他说他有好茶，某次去大公司演出某个老总送的。

他在纸箱子里翻捡了半天，终于找出了一个盒子。

“是龙井。”亚哥眼尖。

亚哥开始给我们朗诵诗歌，因为没有酒，老罗只能一根接一根地抽烟。

我和小巴、火柴喝着山子给我们沏的茶。

山子从墙上取下他的吉他，开始给我们弹奏。那是一首我们都没听过的曲子，虽然有些地方显得生硬和不成熟，但却是那么的好听！

聊到凌晨四点，大家都困了，老罗倒在山子的床上沉沉睡去。

我靠着小巴打瞌睡，亚哥和山子像两只妖精，继续精神抖擞天南海北各种吹。

凌晨五点，我破天荒地接到颜颜的短信：“今天有没有时间，陪我去买衣服？”

我偷偷地溜进了公共厕所，我看了镜子中的自己，一夜未睡，满脸油光，眼泡肿得老高。

我于是回短信：“等我收拾一下就来学校找你。”

我心急火燎地赶回学校。

“曹小木！”

我好像听到有人在叫我，我抬头就看见了颜颜，还有站在她身边的十一刀。

颜颜那天穿得相当漂亮，米白色的大风衣，紧身蓝色牛仔裤。十一刀也毫不示弱，休闲夹克，头发用发蜡打出帅帅的发型。

没有镜子，我无法看到我当时的样子，但我敢肯定，在他们的映照下一定特别惨。

我慌乱地说：“怎么这么……巧啊。”说完头也不回地走掉了，任凭颜颜在身后大声地叫我。

第六章　我们被狠狠伤害了

还给我
请还给我那扇没有装过锁的门
哪怕没有房间也请还给我

请还给我早晨叫醒我的那只雄鸡
哪怕已经被你吃掉了
也请把骨头还给我
请还给我半山坡上的那曲牧歌
哪怕已经被你录在了磁带上
也请把笛子还给我

请还给我我与我兄弟姐妹们的关系
哪怕只有半年也请还给我
请还给我爱的空间
哪怕已经被你污染了
也请把环保的权利还给我
请还给我整个地球
哪怕已经被你分割成一千个国家
一亿个村庄
也请还给我

——严力《还给我》

我们兴冲冲地跑去参加一个青年诗人的诗集发刊仪式。

去的路上，小巴说这个诗人叫杨木，诗写得很棒！

小巴说，先前已经给杨木商谈妥当，我们诗社的一百多名社员每人买他一本书，他在发刊仪式上介绍推荐我们的诗社。

我们浩浩荡荡的一百多人涌进了那个只能坐三百人的会议厅。

小巴说杨木先前答应给我们诗社一个写着“芦苇草诗社”的桌签，我们在会场找了半天愣是没找到。

小巴自我安慰：“可能是太忙忘了吧。”

我和火柴觉得不太靠谱，都劝小巴：“趁现在发刊仪式还没开始，你还是快打个电话问问吧。”

小巴正准备打电话，就看到门口涌进一大帮人。

小巴和火柴急忙招呼我上去打招呼：“杨木先生，你好，我们是芦苇草诗社的。”

他只是瞥了我们一眼，嘴里轻轻地“嗯”了一声后就再无他言，继续笑容满面地招待身边的领导们去了。

我看见小巴的拳头握紧了，透过那因用力过猛而发白的指节，我能听见指骨发出的咂咂声响。我知道，杨木肯定是把小巴惹火了，小巴很有可能冲上去冲着那个志得意满的头颅一阵猛踢暴打！

小巴大踏步地追上去了，我想，完了，发了怒的小巴谁都劝不住。

小巴冲到杨木前面，杨木吓了一跳，本能地后退。

小巴却突然满脸堆笑地对杨木身边的周子老师鞠了一个大躬：“周子老师，你好！”

周子立刻伸手和小巴一起握手，并开始寒暄起来，旁边的杨木脸变得和猪肝一样。

回到亚哥的旅馆，我们都很气愤！

“妈的！热脸贴了冷屁股！”小巴一脚踹飞了地上的一个空矿泉水瓶。

十几个人挤在十几平方米的小屋子里分析这次外推诗社失败的原因，大家叽叽喳喳议论了半天，小巴总结了一条：我们诗社还没有社刊，不能拿作品说事！

我们都说这提到了点子上，会后决定：尽快出一本高质量的社刊！

那个周末，我们诗社的核心成员都在为出社刊的事忙得焦头烂额。我们的办公空间远远不够，屋子太小，只能容下五六个人干活，可就是这五六个人也让屋子显得无比拥挤，加上天气闷热，我们都显得心烦气躁。

“这样出不了高质量的刊物，等晚上气温降下来了再干吧。”

亚哥和老罗推门进来，给我们送来了很多的冰汽水。

“附近的商店都没有冰汽水，为买这跑了好几条街。”

亚哥放下装汽水的箱子后对我们说。

“亚哥辛苦，亚哥辛苦！”

小巴搓搓手招呼大家喝汽水。

喝完汽水，大家就坐在屋里聊天。亚哥和老罗将屋里的小电扇给搬了过来，我们围成一个圈，围着两把拼命工作的小电扇讨论我们的第一本社刊。

亚哥说，我们都没有编辑刊物的经历，什么事情第一次做都很困难，但第一次一定要做好，他和老罗现在已经答应加入我们的诗社了。

傍晚的时候，住在隔壁的一对情侣开始做饭。他们把电磁炉放在门外的小凳子上炒菜，这样可以避免炒菜产生的油烟滞留在房子里。

“是青椒炒肉！”

火柴捂着肚子继续说：“太香了，我的肚子饿了！”

小巴说：“我去给大家买吃的。”

他风风火火地出去了，我们听到隔壁又开始炒菜了。

阿亮说：“和女朋友一起租个房子其实也挺不错的，可以一起做饭吃。”

他本来肥胖，夏天更是不耐热，穿着小背心蹲在两把小风扇前，满身的肥肉在我们眼前晃来晃去。

火柴忍不住伸手去捏他胳膊上晃来晃去的肉：“这个肉做个红烧肉应该不错！”

“你小子饿傻了吧！都开始打上人肉的主意了！”

他急忙挪到我身边。

“小木不吃肉，比较安全。”

大家都哈哈大笑起来。

小巴买吃的回来了，一手提了一大袋。我们都满怀期待地打开塑料袋。

“馒头?!”

阿亮像杀猪一样悲惨地叫了起来。

“忙了这么半天，就吃馒头?”火柴也开始嘀咕。

“有什么办法呢?我们准备印五百本社刊，要很大一笔钱。”

“馒头就馒头吧。”火柴拿起一个开始啃。

阿亮拿着两个大馒头奔出门去了，一会儿回来，拎了个小袋子，里面是菜，而且有肉！

“阿亮，你从哪儿弄的?”

火柴看着肉流口水。

“隔——壁。”

阿亮满脸得意：“小姑娘很漂亮，男朋友也很帅。人家姑娘看我长得胖，肯定肚量大，给了我一半多的肉！”

他将馒头剖开，往里面使劲塞肉。

“胖子，你给我们留点啊。”

“我辛辛苦苦去要来的，我得多吃点。”

他越吃越热，索性连小背心都脱掉了，一身白花花的肉在我们面前晃荡。

一天，颜颜给我打电话了，她说她要来看看我们的诗歌基地，我看了眼小巴，问他意见。

“给她发地址，让她自己来。”小巴面无表情地说。

颜颜说她第二天过来。没想到，短信发完一个小时，她就敲我们的门了，她来的时候胖子又裸了一身的肥肉。

颜颜开门见到，被吓了一跳。但毕竟是胆大的女子，呵呵笑着就进了屋!

倒是阿亮，怔在原地。

“快把衣服穿上！成何体统！女生在呢!”

小巴竟然怒了!

阿亮的脸像被劈了一刀，满脸黑线，悻悻地转过身去找他的小背心。

颜颜说：“其实，不要紧的，大家都是自己人。”

阿亮也附和着：“就是嘛，大家都是自己人。”

“你下次再敢这样，就不要来这儿了!”

亚哥和老罗都不清楚小巴为什么会发那么大的火，他们以前只听说颜颜和小巴有一腿。

“小巴，话说过了，大家都是兄弟!”亚哥出来解围。

“小巴，发那么大火干吗?”我走到小巴身边对他说。

阿亮的脸还黑着，颜颜像闯了祸的老鼠，缩在门边。

“我给大家带了好吃的。”

颜颜打破了僵局，给大家分水果。她给我分水果的时候，特地摸了一下我的手，她的指尖触到了我的掌心，一种冰凉的触感顺着掌心传到了心里。我装作什么事也没发生，低头开始吃水果。

大家都走后，屋里只剩下了我和小巴、火柴，还有亚哥和老罗。

“小巴，你今天的话真的说过了。”亚哥说道。

小巴咕咕地干掉了仅剩的一罐啤酒，然后看了我一眼，什么也没说就出去了。

“小巴不正常。”

亚哥掏出烟给大家一一分发。

“继续干活吧，争取把这份刊物做出来，小巴走掉了，今晚又得加班到很晚了，小木你接替小巴负责校对吧。”

亚哥一直一副老流氓的姿态，但关键时刻说的话都很有分量。他是学生物学的工科男，却喜欢上了写诗，荒废了自己的专业，一心扑到了诗歌上。他说他是飞蛾，总有一天会死在灯火最明处！他说，死之前要好好享受生活，他的身边不能缺少烟酒、诗歌、女人。

所幸，他所希求的东西他都不缺，我认为他是一个幸福的人。

我们来这儿前，他经常带不同的女生来过夜，一个星期换一个，有时候是两个星期换一个。

他的房子和老罗的房子相邻，每次亚哥带女人回来都会制造很大的声响。但老罗在这种声响中依然可以淡然抽烟，淡然喝酒。

我们都怀疑老罗那方面有问题，或者是个同性恋！

我们询问老罗的时候，他总是骂："滚，你们那方面才有问题！"

我们经常在出租屋里读诗，也时常谈论整个L城的诗歌圈子，说谁谁谁的诗那么牛逼，其实全他妈是抄袭的。有人会开始借着酒劲抱怨现实真他妈黑暗，那些表面光鲜牛逼的人全他妈是肮脏的小丑。讲这话的是亚哥，他总是一副愤世嫉俗的样子。我们喝着喝着就开始不谈诗歌，而是开始谈女人。亚哥上过很多女人，并且是以诗歌的名义。

他最近胡子疯长，一副四十岁老男人的沧桑。

他说，老子上过的漂亮女人比你们见过的漂亮女人还多。

他又干了一杯青岛啤酒，然后给我们讲他和那些女人上床的经历。他已经记不起那些女人的名字甚至是样子，在他的讲述中更多的是提到那些女人的身体特征。比如某某的胸很大，某某的臀部丰满挺翘，某某还是个高中生。

老罗从不对此进行发言或者表态，他一根接一根地抽烟，然后一杯接一杯地喝酒，他喝老白干，也喝五粮液。老罗后来理了个大光头，但他很瘦，瘦骨嶙峋。每次诗歌聚会他都会参加，并且每次来都不说话，每次来都只是抽烟喝酒，不停地抽烟喝酒。

当然，他的诗写得很好。我只读过他很少的诗，但是，我知道他的诗写得非常好。

在L城的诗歌圈子里，他是一个神秘的存在。

老罗和亚哥关系很好，亚哥是个话唠，走到哪儿说到哪儿。有时候，我很疑惑，那么相反性格的人怎么就会是关系最好的朋友呢？

我们来亚哥的旅馆出社刊后，亚哥就没再带女人回来了。一方面是因为我们经常要加班熬夜，大半夜回不了宿舍只能和亚哥挤一张床。他那张床很大，上面有不同女人的味道和长短不一、颜色各异的头发。

火柴每次躺上去都会说，他也想有这样一张床。

阿亮揶揄他："你是想像亚哥一样一周睡一个女人吧！"

火柴反驳："那是人家亚哥的本事，你还没本事呢。"

我们请不起美编，亚哥就自告奋勇当起了我们的美编，他学过几年国画，后来自学过素描。他说我们第一次做杂志就要做得最好，杂志工作开始以后，他每晚都和我们一起熬夜加班画画。他的马克笔和白色的纸张占用了最大的一张桌子，亚哥是个偏执狂和完美主义者，他对我们的封面和封底画的质量有着变态的要求。他画废了很多张白纸，垃圾篓很快被装满。L城晚上的气温比白天低很多，但在门窗抵死的小屋内，亚哥还是因为闷热而变得烦躁不堪。

他的鼻子经常会因炎热的天气而堵塞，导致他在画画的时候经常会发出一些"呼呼"吸鼻子的声响，我坐在小马扎上盯着满屏的文字，一个标点一个标点地校对。我们其实已经搬到这个旅馆了。

上周，多久不见的房东终于上楼来问候我们。寒暄过后就是问我们要钱。

她要钱的理由是我们这么多人每晚熬夜会多用掉很多水电，让我们每月多交十块钱的水电费。

亚哥唯唯诺诺地答应，他一直说要和房东搞好关系，现在的房子房租便宜，别的地儿找不到这么便宜的房子。

因为经常加班，亚哥去买了两张折叠单人床，一张放在客厅里，一张放在老罗卧室。那个客厅现在成了我们的工作室，里面堆满了各种纸张类的垃圾。

他们当中的大多数都是由亚哥制造的，亚哥画废的纸张都快把小小的工作室给堆满了。两台拼命工作的小电扇常把那些纸张吹得满屋子飞舞，我在校对文稿的时候经常会被纸张砸中。

亚哥很心疼那两台小电扇，他说它们每天都得工作近十八个小时，说不定哪天转着转着就挂了。

其实，他更心疼电费。每个屋子都有一个独立的小电表，房东每月底都会按时来收电费。

“这个月的电费可能会上百！”

亚哥盯着那两台小电扇唉声叹气。

小巴那次和阿亮闹矛盾后，就不太好意思和阿亮一起处了。我接手他的那份校对工作后，他就每天跑出去给我们拉赞助，因为印杂志的钱还有一个很大的缺口。

他中午和下午都会准时给我们送饭过来，但颜颜来的时候他都会躲出去。

但我们都盼望着颜颜来，夏天的颜颜穿得很少，洁白而修长的大腿很迷人！

因为上次吵架的缘故，颜颜来的时候会提前给我们打个电话。阿亮就会把小背心给穿上，我们也会把屋子稍微收拾一下。

每晚加完班回到那三米见方的小屋，我将自己沉重地摔在床上。女人的呻吟声通过薄薄的墙壁传过来，他们的欢娱就像一阵阵密集的鼓点。在他们的激情澎湃的交欢声中，我闭上眼睛，向着黑漆而空洞的天花板想起了颜颜的样子。

第七章　他是一沽名钓誉老流氓

这就是我张开手指所要叙述的事
那洞窟不会在今夜关闭。明天夜晚也不会关闭
额头披满钟声的
土地
一只坛子

我头一次也是最后一次进入这坛子
因为我知道只有一次
脖颈围着野兽的线条
水流拥抱的
坛子
长出朴实的肉体

这就是我所要叙说的事
我对你这黑色盛水的身体并非没有话说
敬意由此开始，接触由此开始
这一只坛子，我的土地之上
从野兽演变而出的
秘密的脚，在我自己尝试的锁链之中
正好我把嘴唇埋在坛子里，河流
糊住四壁，一棵又一棵
栗树像伤疤在周围隐隐出现

而女人似的故乡，双双从水底浮上，询问生育之事

——海子《坛子》

我们要办个很大的发刊仪式，小巴带着火柴去找各种诗界的大人物拉赞助，跑关系。

我们的诗社有了二十几个社员，我们不收会费，我们不被任何官方机构承认。我们在一个月内的月初和月底都会相约聚会一次，讨论诗歌，讨论死去或者活着的诗人们，讨论中国诗歌的未来。

我喜欢和那些外校写诗的愣头儿青诗人喝酒、聊天，他们觉得我们白手起家办了一个诗社，太牛了，眼里都是各种崇拜与仰慕。

我常和他们蹲在大学校门外某条马路边的大石梯上吹牛。通常我请他们抽红塔山，他们殷勤的给我点火。

我所在的那所大学女生比男生多很多。

我们正讨论和诗歌相关的事情，一个曼妙的姑娘走了过来。她从我们身边走过，我和身边那群写诗的诗人就眼睛直直地盯着那姑娘看，那姑娘有些负气地哼一声昂首挺胸地踩着小高跟不断用眼神飞我们。

姑娘刚走掉，身边的诗人朋友们就问我："小木社长，在你上学的大学，漂亮女生是不是特别多啊？"我嘿嘿笑，又让他们给我点了支烟，我一边吸着烟，一边给他们吹："你搬个小板凳坐在我们学校的校门口，等到散学的时候，比这漂亮很多倍的姑娘就会一波波地从你的身边走过，身材比这好，身高都是一米六八以上的……"

还没讲完，就看到身边那群诗人已经听得入了神，个别的还有口水流出来。

我们都爱着诗歌，也爱着女人！

这是我们聚会时时常讨论的话题，其实加入我们诗社的许多青年，并没有那么热爱诗歌，他们更多的是想用诗歌泡到妹子。

我们必须装得很牛逼，才气翩翩，为了诗歌和艺术奋不顾身！

但身边一辆拉风的宝马或者奔驰飞驰而过的时候，我们也会痴痴地望着那绝尘而去的名车，想象自己什么时候也能拥有这么一辆拉风得要

死的车。

我们都是穷人，我、小巴、火柴，甚至包括我们中混得好的亚哥、老罗、冬野，我们无一例外都是穷人。

每次聚会，我们都是 AA 制，喝最便宜的啤酒，谈最高雅的诗歌，吹最牛逼的牛。

或许，我们在塑料棚子下的小摊子上喝着廉价青岛啤酒谈论海德格尔、讨论雪莱的时候，那些在整洁高楼上优雅地喝着咖啡的人会认为我们是一群神经病。

很快，我厌倦了这种聚会。没有姑娘，一群单身的穷诗人，在啤酒和诗歌中找寻虚无的王位和太阳。

小巴说我们必须要深度融入 L 城的诗歌圈子，我们要多多写诗，多多发表，多多和知名的作家打成一片。

小巴特意挑了个节日，前一天打电话给周子。窗边吸烟的小巴突然决定了一样掐灭了烟，如临大敌地掏出电话，仔细地查找了号码。我听见他颇有些紧张地清了清嗓子，半边的长头发被漏进来的微弱天光衬得蓝蓝的。

“节日快乐!”小巴突然低下头把手机凑到嘴边，接通了。

“周子老师你好，我是小巴，对，芦苇草诗社的小巴。请问最近有没有认识的诗歌杂志编辑约稿的，我们诗社有好几个社员写了很多好诗，就是苦于没地方发表啊?”

“我知道，周子老师，虽然发表不是搞文学追求的方向，但如果我们诗社成员在刊物上发不了东西，他们就会没热情，我们诗社就不好办下去了。”

小巴挂掉电话，满脸愁容。

“怎么样，有戏没?”火柴扔给他一根中南海。

“人家让等消息呢，说有消息就第一时间通知我们。”

“要不再想点其他办法吧。这样下去不是办法，诗社就快只剩下我们几个了。”

小巴点了烟，“你们想想还有啥办法?”

“主要是我们诗社就是一‘三无’产品，就我们几个在那儿折腾，根本连个屁的响动都没有!”火柴一语中的。

“首先，我们几个主要成员要赶快提升自己的知名度，多多发表，多多上大刊，争取让作协的大家给我们点评!”

“说得容易，现在写诗的人比读诗的人还多，要写得牛逼很难。”

大家都不说话了。

周末，我去小巴宿舍找他，门房紧锁，我给小巴打电话，他让我去滨河路的凯文斯酒店找他们。

酒店巴洛克风格，门口迎宾小姐青春靓丽，红地毯一直铺到了楼梯上，我被这排场吓到了。

“小木，快上来!”小巴在二楼的楼梯口叫我，我到他身边，他才小声告诉我，这是一次专门宴请周子的酒席。小巴说，周子肯接受我们的宴请，就是给了他很大的面子。“但是，这酒店的排场也忒大了吧。”

“这些投入都是值得的，待会儿好好表现!”小巴推着我说。

我进了包厢就给周子打招呼，周子微微对我点了点头，就低下头和身边的颜颜和火柴聊天，颜颜竟然也在!

那晚，大家为了陪周子喝高兴几乎把命都搭上了，但周子的胃几乎就是个无底洞。

周子把我们男生灌翻后，开始灌颜颜酒，颜颜本来不胜酒力，很快就脸色绯红。

席间周子不住地夸赞自己。说什么他还在上初中的时候就在杂志报纸上发表了很多的诗歌，并因此获得了很多的金钱，他用稿费请兄弟喝酒，约姑娘吃饭，甚是潇洒。

我开始有些厌恶他往自己脸上贴金的做法，我们都看得出来，他是说给旁边的颜颜听的。

因为他一边说一边有意无意地看一眼颜颜，我甚至看见他借着酒醉按着颜颜的肩膀站起来，颜颜急忙站起来扶他，他却捏住颜颜的手，足足捏了五六秒，搞得颜颜脸色绯红一片。

我向服务员要了两只啤酒杯，我满上白酒对周子说：“周子老师，以后在诗歌上还要仰仗你多多指导!”

说完，我一仰头，咕咕喝掉了一整啤酒杯的白酒。

周子显然是被我吓到了，怔在原地。小巴赶忙出来解围：“小木的心意到了就行，周子老师你随意。”

周子端起酒犹豫着要不要喝下去，小巴又说话了：“我代周子老师喝。”

周子哈哈笑了：“小巴仗义，好，这杯酒由小巴代我喝!”

小巴仰头咕咕喝掉了酒。

我还没坐下，小巴就说胃不舒服，让我扶他去卫生间。一进卫生间，小巴就开始吐，吐完了，我递了些纸给他，他擦了手，扶着墙有气无力地对我说：“小木，今晚是不是故意给周子老师找碴儿?”

我低头不说话，看着自己的脚尖发呆。

“你没看到他对颜颜动手动脚的吗?”

“人家颜颜都没说什么，你瞎操什么心?”

“你不会是喜欢颜颜吧?”

小巴问我，我连忙慌乱地说：“没，我们只是关系很好而已。”

小巴什么话也没说，转身又伺候周子去了。

小巴请周子在酒楼吃饭后，生活费就开始捉襟见肘了。他有时候一天只在食堂吃两顿，明显地瘦了一大圈，我和亚哥、火柴就经常请他去外面的馆子吃饭。我们中最有钱的是亚哥，每次他都抢着付钱。

一天，我们又去了校门外的一家川菜馆，点了很多的肉，小巴没等米饭端上来就将半盘菜扫了一半。我们几个面面相觑，什么话也没说。

“这么下去不行啊，我们得去找点兼职赚点外快。”

“周子老师说，可以介绍我们去他任主编的杂志社帮忙，可以拿实习工资。”

小巴一边往嘴里扒饭，一边对我们说。

亚哥没说话，我也只顾往嘴里扒饭。

小巴一周后果真去了周子当主编的杂志社，一月三百块的实习工资，除掉车费和午饭根本剩不下钱。

“小巴脑子锈掉了，那么积极地去抱周子的大腿。”

“人家肯定是以为周子能给他很多好处呗，其实，第一次见到他我就对他不感冒，整个一沽名钓誉的老流氓。”

亚哥愤愤地说道。

“后天有个诗歌活动，”亚哥又说道，“小木，你要多参加活动，别学老罗，太低调了。”

亚哥和小巴总是喜欢组织各种各样的诗歌活动，攒人气，攒名气。

第八章　夜风中抽着八块钱一包的紫兰州

我无限地热爱着新的一日
今天的太阳　今天的马　今天的花楸树。
使我健康　富足　拥有一生

从黎明到黄昏
阳光充足
胜过一切过去的诗
幸福找到我
幸福说："瞧这个诗人他比我本人还要幸福"

在劈开了我的秋天
在劈开了我的骨头的秋天
我爱你，花楸树

——海子《幸福一日　致秋天的花楸树》

我坐在主席台上看着下面的一群正襟危坐的青年诗友，周子穿得人模狗样，却在装模作样地讲话。他始终没看我，我也不去看他，我知道亚哥请周子来捧场也是无奈，我们的诗社要在这座城市立足，就不得不继续巴结这个老流氓。

"等我们牛逼了，就不会再去贴他的屁股了！"亚哥安慰我。

我转身对身边的小巴说："我要去上厕所。"

小巴当时正抱着一本《海子诗集》在激情演讲，他装作不经意地向我这边转过头来，悄声对我说："曹小木，你干吗呢，诚心砸场子是不？上什么厕所，等我讲完了再去。"

"我忍不住了。"

撂下这句话，我噔噔噔地就下了主席台。

要是在平时，小巴肯定追上来和我撕巴，但那天，他乖乖地在台上向台下的诗友们道歉："小木社长有点急事，要先走。"

我溜到后门，趁大家的注意力都在火柴身上，晃出了大门。我无比可耻地跑到皇家假日酒店的华丽大门口等颜颜。我知道颜颜经常会去这个酒店吃东西，看电影，酒店的四楼有个大型的内部电影院。

我等到夜幕都快降临的时候，颜颜还没有出来。我想她今天可能没在酒店。当我站起来抖落身上细碎的落叶，准备转身离开时，我看到混在人群里从大门里走出的颜颜，她没看见我，径直上了一辆出租车，我跟在车身后跑。

我一直跑，我想我可能要跑到我的脚再也不能承受我身体的重量的时候，才会颓然倒下吧。

在奔跑的过程中，大街上的一切簌簌地往后倒去。我仿佛又看到了曾经的一切，想起了自己和她曾经度过的一切时光，那些风花雪月的岁月，那些欢声笑语的曾经，虽然她不过是在利用我，但我还是那么愿意，愿意为她堕落、牺牲，甚至像个小丑一样，匍匐在她的脚下，哪怕她厌恶地向我吐口水，并恶狠狠地对我说，你给我滚远点。

我也想滚远点，因为我并不想让人吐我口水，我并不喜欢口水，哪怕那是一个我喜欢女生的口水。我知道自己那一天在颜颜面前贱到没有了自己的尊严。

我看着她的车在暮色里越跑越远，车身折射出的太阳光线在我眼前飞快地晃动，我觉得有些头晕，我觉得我很想睡觉，我想睡醒来后一切都会好起来的吧。

我跑不动了，一屁股坐在地上。

她乘坐的出租车停了下来，她下车后急急地向我跑来。

当我发现她急急地向我跑来的时候，忽然有了一种很强烈的冲动，我必须装作毫不在意地离开她！

好像那样做可以填补我已经消耗殆尽的自尊心一样。

但我最终还是没有逃掉，我坐在原地，等着她跑到我身旁。

她气喘吁吁地跑过来扶着我："小木，你没事吧？"

"没事，就是太累了。"

"听说你们诗社的社刊要发刊了。"

"是的，下周发刊。我们刚开了一个动员会，亚哥他们还在商量社刊发刊的事宜，你要去参观一下吗？"

"去吧。"

我带颜颜去我们的出租屋，她先前已经来过好几次，所以轻车熟路，自己先噔噔噔地上了楼梯。

火柴和亚哥他们正在讨论社刊的发布会要准备的林林总总，颜颜推门进去的时候，亚哥他们还以为是我进来了。

他们头也不回地问我："小木，那么急急地去拉屎，拉了这么久才回来？"

没听见回答，转身看见是颜颜，所有人尴尬了起来。

那天，老罗也在，为了缓和气氛，老罗建议亚哥给大伙弹唱一首歌，并让颜颜点歌。

亚哥看了一眼老罗，老罗和他关系最好，老罗的面子他是要给的，就顺手抄起了放在床上的吉他。

"点歌吧！"老罗微笑着看着颜颜。

颜颜说了一首日本歌的名字，我们都听不懂。但令人惊讶的是亚哥竟然知道这首歌，并且会唱。

他把那首日本歌唱得如痴如醉，缠绵悱恻，那唯美的曲调让我们所有人都心生悲潮，后来，月亮升起来了，我们都趴在窗台边看月亮。

小巴说他想家了，火柴说他想他小学的女同桌了。老罗沉默不语，一支接一支地抽烟。

所有人都不知道，我那一刻的想念与亲情无关，与乡愁无关，或许与爱情也无关，那一刻，我想念张晓了。

我开始黯然神伤起来，我觉得对不起张晓，心中的愧疚像决堤的河水淹没了心房。

我说我要去门外抽烟，我站在门外，却忍不住侧着耳朵听颜颜同亚哥他们讲话，她的话像是带着浓重的雾气，我怎么听都听不清楚。模模糊糊的话语，时断时续地传出来。后来声音渐渐小了下去，我决定去街上走一走。

我走累了，靠在出租屋外的一棵槐树旁，披着我的大风衣，北风狂乱的夜晚，我的风衣单薄，使我显得瑟瑟。我抽着八块钱一包的紫兰州，一支接着一支，暗中比较哪一支的烟灰留得比较长，头顶昏暗的路灯透过树缝射到我脸上，我忽然觉得这个夜晚我顶无聊，于是我忍不住打电话给她。

“我在门外。”我是这样说的。

她只说了句我知道了，就挂断了电话。

一分钟后，我看到了颜颜。

她走到我身边，我定定地看着她，我们都没有说话，我扔掉烟。一把将她揽入怀里，接着我强吻了她。她一把将我推开，依旧定定地看着我，什么也不说。她的眼神冷冷地射向我，我知道我又做错事了。

“对不起，颜颜，我……”

我向她伸出手去，她受惊般躲开。

“你不要碰我。”

女人的心思竟然如此多变！

我知道她生气了，她这次或许真的离开了。

但是第二天，她却依然来出租屋，她推门进来的时候我就坐在门口，她进门的时候看了我一眼，眼里看不出爱恨。我那天没躲出去，但她却没和我说话。

那天，她让亚哥教她弹和弦。

亚哥知道我和颜颜的关系，知道她全部的底细，我们屋子里的人都知道，但没人拒绝她，他们都想从她身上揩油，占便宜！

我又沉着脸出去了。

走到街边，伸手拦了辆出租车想离开。

在车转弯的时候，我在车的后视镜里看到了颜颜从大门口追了出来。

在酒吧里，我一个人却没有喝酒的兴致了。转了一圈，心里一直惦记着还在出租屋里的颜颜。

她会不会被亚哥他们欺负？亚哥会不会看上她了？或者她看上亚哥了？

我越想越心急，就急急地往回赶，出门却打不到车，于是决定步行回去。从酒吧到我的出租屋，中间要经过一座天桥，那天我为了抄近路，没有从桥上走，而是从桥下的一个小巷子穿过。

那天，我走得很快，在巷子中我和一个人擦肩而过，那人的外衣就“啪”的一声掉在了地上。

我意识到我遇到了传说中的“披衣帮”。

关于“披衣帮”的传说，我是从亚哥那儿听来的，“披衣帮”已经在L城存在了很多年，在高校旁特别多。其是一个黑帮性质的诈骗抢劫团伙。他们的成员大多四十到五十岁的模样，一副潦倒的民工打扮，基本上是L城的土著，张口说话就把裤裆里那些玩意儿一股脑全带出来。

当然，那天我遇到的那个“披衣帮”成员，没有一张嘴就把裤裆里的一堆玩意儿给爆出来。他很有人文情怀地问我：“你骂谁呢?!”

我确定我当时并没有骂他，我与他擦肩而过的时候，我见到他衣服掉了，是不是我碰掉我不知道，但他们是“披衣帮”，其骗人的方法就是把外套披在身上，他们从谁的身边经过，轻耸一下肩膀，他的衣服就自然而然地从身上滑落下来了。那情形就像是你碰掉了他的衣服。

他又问了句：“你刚才骂谁呢?”

我当时有点疑惑，我并没有骂人，我给他说的是：“对不起。”

我承认我的普通话很差，一般人不容易听懂我在讲啥，可是，我自认为“对不起”这三个字我还是能讲清楚的。不可能把对不起说成“X你妈”。

所以，我很诚恳地给他解释我对他说的那句话是对不起。

但他一口咬定我骂了他。于是他开始了一系列敲诈勒索的表演：他先是把他掉在地上的衣服捡起来，然后把那件破旧的衣服杵到我鼻子前，对我说："你看，脏了吧。"

当时路边就十米远外才有一盏路灯，鬼知道他的衣服脏没脏？

他自己用手拍了拍，又把衣服递给我说："来，你拍拍。"

我觉得有点不对劲儿，就没有拍，也幸好我没有拍。如果我拍了，他就会往衣服里掏掏，然后对我说，我的几百块钱不见了，还会装模作样地在地上找找，然后装作很失望地对我说："找不到，你刚才拍我衣服了，钱是不是被你偷走了？"

我肯定会说没有，他肯定会搜我身，然后把我身上的钱顺走。

那人见我没拍，就继续表演：抖抖衣服，掏掏衣袋，然后地上找找，我看到他那副丑态就知道我真的遇上诈骗犯了。我就用一种极度鄙视的眼光瞅他还要表演啥，他见我鄙视他，就抬起头来骂我："瞪啥瞪，再瞪我叫人打折你双腿！"

听他这么说，加上最近因为颜颜的事我满肚子火气，就开始骂他："打啊，瞧你那狗样，也能叫人打我？"

骂完，我拿出手机给火柴和亚哥他们打电话，他见我打电话就装出很凶的样子，嘴里又爆出了许多与裤裆里那堆零碎有关的脏话。

我懒得搭理他，把地址给亚哥他们说了。

他看我真打了电话心里就虚了。

"你是叫人来打架是吧，叫啊，我也能叫。你叫来多少我都会把他们的腿给打折了！"

"告诉你，老子最近心情不好，你狗日的今晚惹上我了啊，老子正愁找不上人打架呢！"

我揪住他的衣领，他挥拳打在我的脸上。那拳打得我耳朵嗡嗡作响，我松开了他的衣领，向后退了几步，险些跌倒。

我远远看见火柴和亚哥已经风尘仆仆地从那人后面跑了过来，但他还没意识到危险的降临，一边用带着裤裆里那一股脑玩意儿的话骂我，一边威胁我说要打断我的腿。

亚哥忽然从后面拎住他的衣领，把他扯了一圈，然后对他说：“打啊，你现在打给老子看！”

亚哥一米八的身高，站在他身边就像一座铁塔。

那人见我真叫来了人，见打不过也跑不掉就开始和我们讲道理。

他说我走路撞了他（明明他先撞的我！），火柴上来“啪”的给了那货一个大嘴巴，那巴掌打得清脆响亮，打完后他脸上立刻出现了五道鲜红的手指印。

火柴打完后对他说：“你再给老子讲一句，看我整不死你这狗怂！”

那人立刻很乖地闭了嘴。

亚哥继续拎着他：“敢打折我兄弟的腿，看老子不打折你的腿！”

说完一脚猛地踹到他的膝盖骨上，亚哥穿的是足球鞋，那一脚就像是在中线射门，又猛又狠。那人的膝盖骨发出“嚓”的一声脆响，他发出像杀猪一般的号叫声，我甚至认为亚哥已经把他的膝盖骨给踢断了。他号叫的声音撕心裂肺，我忍不住也跑上去对着他杂毛狗般的头一顿猛踹，我把这段时间来内心的愤懑与不满统统都报复到这货身上。

“老子要废了他！”

我揪着他油腻的、满是灰土的头发，拖到墙边，顺手抄起一块砖头。一砖头拍了下去，我仿佛听到了他头盖骨碎裂的声音！

“你狗日的再骂啊！”

我当时已经气急，又想一砖头拍下去，手腕被一只强有力的手给抓住。

“小木，够了，再打就出人命了！”

趁着这空当，那货抱着头，撞开火柴往外跑，我们三人紧追不舍。追到巷口，看见一辆警车停在那儿，我们急忙转身往回溜掉了。

第九章　我决定开始另一种生活了

炊烟上下
月亮是掘井的白猿
月亮是惨笑的河流上的白猿

多少回天上的伤口淌血
白猿流过钟楼
流过南方老人的头顶

掘井的白猿
村庄喂养的白猿
月亮是惨笑的白猿
月亮自己心碎
月亮早已心碎

——海子《月》

秋天来了，L城开始下秋雨，亚哥说他很久没淋雨了，便脱了外套冲进了雨中。黄昏的时候，我、火柴和亚哥还有老罗在昏暗的檐灯下并排坐着抽闷烟。

我们刚交了半年的房租，兜里已经一无所有。

“亚哥，你不要再写长诗了。那根本没地方发表，除非自己掏钱出集子。你其实可以试着写点短诗，这样更容易发表，至少能多赚点稿费。”

火柴说话了。

“我管那些编辑喜不喜欢，我就写我的长诗，海子自己最满意的作品不也是他的长诗吗？长诗是最有震撼力的！”

“再想其他办法吧！”

老罗和亚哥曾是L城诗歌圈子里的传奇，两人当年在我和火柴他们还在高中千军万马挤独木桥的时候已经在L城创办了一份诗歌民刊，大量刊发全国各地写长诗的诗人的作品，他们对海子式的长诗情有独钟，多少年来一直坚持下来了！

我望着亚哥的侧脸，映照在橘红色的夕阳中，他仿佛成了神。

那晚，L城又下起了雨。巨大的闪电在窗外忽明忽暗，我辗转难眠，索性起床写点东西，扭开台灯，为自己在暗夜里泡了一杯浓茶，摊开尘封已久的日记本，写下了这些日子的一些琐事。久不握笔，发现自己已经写不出让自己满意的文字。写到后来索性丢下笔，坐到窗台上听窗外寂静的雨声。

窗外凉夜如洗。

之后的两天，我一直窝在出租屋，我发现自己像霜打的茄子，不能再振作起来。忧伤渐渐弥漫进了内心，那些忧伤像洪水一样，决堤后开始泛滥。

亚哥来到我们的出租屋，他说他现在开始搞音乐赚钱了，他建议我去他驻唱的地下音乐厅看摇滚表演。

那晚，亚哥唱了一首自己写的歌，他的歌中有一种颤人心灵的悲伤。

他唱完了后走下台来对我说：“走，喝酒去。”

在一个低矮昏暗的露天啤酒广场。我们要了十箱啤酒，我像寻死一般拼命地喝，亚哥怎么劝都劝不住！

那夜，北风呼啸，暗夜昏沉，有雨自东北方来，打湿了霓虹与街道。

那晚，我喝高了。我喝高的次数不是太多，上次我喝高还是和小巴一起在学校外边的小酒馆里。

亚哥见我脸色难看，拍打着我的背："小木，没事吧。不能喝咱就不喝了。"

我说："没事，真的没事，我就是被酒给呛了一下，现在已经好多了。来，我们继续喝!"

我在出租屋里醒来，清晨的阳光炙热地穿过出租屋的小窗。一只鸟扑棱着翅膀飞到窗台上，阳光将它白色的羽毛映成了金黄色。

我躺在亚哥买来的折叠床上，感到全身酸疼。

桌子上散乱地放着一摞书稿，还有亚哥画的画。

"终于弄完了，这个半月，简直要人命!"

火柴第一个起床，收拾桌上的书稿。

"吃过早饭，我们就去找印刷厂。"

小巴高兴地说。

亚哥也起来了。

"我很累，想睡一天。"我的声音都沙哑了。

亚哥欠过身来摸我的额头，自言自语："没有发烧，可能昨晚喝酒喝多了。"亚哥说会给我带饭回来，让我好好躺着休息。

他们嘻嘻哈哈地出去了，亚哥关门的时候，阳光在他的背上印出了深深浅浅的印痕。

我又睡着了，做了很多千奇百怪的梦，醒来的时候头疼欲裂。

急促的电话铃把我吵醒，颜颜说她已经到出租屋楼下，让我去接她。

我无比生气地摁掉了电话，躺在床上出神，但两分钟后却强撑着起床洗脸，穿衣，出门的时候才草草系上了皮带。

我看着站在梧桐树下的颜颜，不知道该怎么跟她打招呼。她那天穿得很美，但我脑海里却一直浮现出周子把她按在墙上轻吻的场景。

"小木，最近还好吗?"

她先开口了。

"还行。"我装得面无表情，我想恨她、鄙视她，但发现自己根本做不到。

“不请我进去坐坐吗?”

她甚至是挽着我上楼的，我们关门的时候，背后传来房东尖酸的讽刺：“一帮穷鬼还天天泡姑娘。”

我非常理解那个老女人的心情，她长得不算难看，但体重随着她的食量的增加而不断增加。她的丈夫，也就是我们的房东，那是个土生土长的本地人，将自家的房子扩建加盖成了两层，租给附近的大学生和打工族。

他总是喜欢坐在一楼的藤椅上眯着眼睛看那些进进出出的女大学生，他的老婆总是一个人提着个铁桶去旅馆外很远的地方装煤块提回来。她每次都提得很吃力，但房东好像事不关已地坐在藤椅上用劣质耳机听歌，悠然自得。

我和颜颜坐在我们人去楼空的工作室，杂志已经做完，他们都迫不及待地疯去了。

我招呼她坐下，给她倒茶，她拿起我们桌上定稿准备印刷的样书翻阅。

我不知道该对她说些什么，两人就这样安静地坐着，真正地相对无言。

窗外黄昏的太阳光线斜斜地从窗口照进来，我感到困乏，头上又开始冒汗，几分钟后头疼和眩晕感阵阵袭来。

“我好像热感冒了。”我有气无力对颜颜说道。

她站起来扶我在我的床上躺下，刚一躺下我就迷糊过去了。

颜颜好像没有说话，又好像嘀咕了什么，反正我听不见。只是模糊地看见她忙着倒热水，忙着给我敷热毛巾！

我觉得挺感动，我虚弱地嗫嚅道：“颜颜，我想抱抱你。”

她便俯下身子来抱我，她穿着白色的长裙，领口开得很低。俯下来抱我的时候，她丰满的胸部挤压在我布满肋骨的胸上，我觉得很舒服。

她却抱怨我身上都是骨头，硌得她很难受。她想起身，我求她再趴一会儿。

“真舒服。”

我昏昏沉沉地睡去了。

梦里却是颜颜白色的裙摆，还有在风里翻飞的长头发。

醒来不见了颜颜，只有两只风扇咯吱咯吱地响。

我忽然觉得好饿，想直起身子起床，低头闻见了胸口上的香味，那是她的体香味。

那种香味让我的饥饿感更加猛烈，肚子已经翻江倒海般抗议。

为了安抚肚子，我不得不起床准备出去找吃的。起床的时候发现自己出了很多的汗，甚至已经将床单打湿。

再次感到头晕，硬撑着来到窗前，我想开门，却发现门被从外面锁住了。我感到惶恐，颜颜是不是被谁打晕弄走了，是不是那个色眯眯的房东？

越想越怕，我发现自己无比担心她！我使劲儿地拍打门框，无数的灰尘从门框上掉下来，它们在狭小的屋子里飞舞着。从窗口射进来的阳光照耀着它们，它们在阳光下散发着金色的迷人光泽。

我停止了拍门，伸手想去抚摸那些泛着金色光泽的尘土，却发现我根本摸不着它们。

门外忽然响起了开锁的声音，颜颜看着泪流满面的我慌了神儿：“小木，你怎么哭了？是不是感冒加重了特别难受？”

她手里提着盒饭还有药，绿色盒子装的感冒灵颗粒。

我抹掉眼泪，立刻转哀为喜：“没事了，我感觉好多了，就是特别饿。”

“那就赶快吃饭吧。”她在桌上摊开一大堆的东西。

我吧唧着她给我带的鱼香肉丝炒饭的时候，问她为什么一声不响就走了，还把我锁在屋子里，我以为她被别人拐跑了。

她哈哈地大笑，笑得我不好意思，低下头只顾往自己的嘴里刨饭。

我刨饭的时候，她告诉了我她跑去给我买药，怕有坏人进来把我扛走了，于是出去的时候就把门给锁住了。

吃完了饭，颜颜逼着我喝很苦的感冒灵颗粒，她说我的胃不好，不能喝西药。

她说话是那么温柔，一时间，我忘了她的一切不堪，忘了小巴。

吃完饭，喝完药，我们就坐在床上用我的电脑看电影。看了一会儿，她说她困了，想睡觉了。我心一横，起身抱她上床，她竟然没反抗，我们在床上躺着。

隔壁传来细弱的娇喘声，她问我，你听没听见什么奇怪的声音。我知道那声音是从隔壁传来的，也知道隔壁发生了什么事情，但我还是没办法给颜颜讲她听到的声音到底是什么东西。

“颜颜。”我叫她。

“唔。”她躺在我的怀里，转过头来看着我。

我一翻身压着了她，她“呀”的娇喘了一声就闭了口。

她知道我想干什么，或许只是朦胧地知道。

她没有说话，只是定定地看着我。

她的眼神开始变得像水一样温柔，我甚至不忍心对她下手了。

有那么两三秒我都想算了，算了。但箭在弦上了，我开始把我毛茸茸的脑袋低下去，开始亲吻她。她没有拒绝我，她很热烈地回应着我。

我感觉到她的身体开始颤抖起来，我把手从她的脖项间抽出来，抚摸她圆润而丰满的胸。

我的手继续向下，她一把抓住了我的手。

“不要，求你不要碰那儿。”

我才懒得管她，继续向下摸下去，她的抵抗微不足道。

她开始娇喘起来，更加热烈而笨拙地吻我，她的双手已经完全放弃了阻拦，搂着我的背，死命地把我勒紧！

我想去脱她的连衣裙，发现那些扣子的扣法千奇百怪，我解不开！

我又气又急，把她拉起来，想把她的裙子整个拔掉！

她阻止了我粗暴的兽行：“我自己来，裙子都被你扯破了，我待会儿穿什么回去?”

“好吧，你自己来。”我长长地出了一口气，刚才那番折腾已经让我汗流浃背。

她刚开始解扣子，门外就咚咚咚地响起了敲门声！

“在吗，曹小木，在吗?”

是亚哥他们的声音。

我和颜颜愣在原地，我还在继续发呆，她使劲儿地捅我：“快起来收拾!”

我们慌忙从床上起来，她整理好被我蹂躏得皱巴巴的裙子，对着镜子整理乱棕一样的头发。

我把床收拾好了去开门，小巴、火柴和亚哥他们站在门外一脸黑线。

尤其是小巴的脸色已经变成了猪肝色。

我心想他们可能已经猜到了，但是我还是涎着脸开涮：“你们这群不要脸的，把我一个人丢在屋子里就跑出去玩了，我都快病死了，要不是颜颜来找我，我都见不到你们了!”

我故意装得义愤填膺，再加上桌上的感冒灵胶囊和我一身的汗水，有很大的说服力。

小巴看了一眼我和颜颜，称有事，急匆匆走掉了。

我要去送他，被亚哥一把扯住。

“不用管小巴。”

亚哥递给我一支烟，我们坐在门外的走廊里抽烟。

亚哥和火柴开始述说他们去找印刷厂的事。一群人唉声叹气地抱怨L城的印刷厂多么多么贵，老板多么多么牛逼！根本看不上他们几百本的生意!

“你不知道啊，他们的鼻孔都能翘到天上了!”火柴用手压住鼻孔，扮了个猪八戒的形象。

“还好谈成了。”亚哥无限感慨地说道，“下个月开始印刷!”

杂志办完了，不用再加班熬夜，火柴要回学校去睡了。

“你怎么不回学校?”亚哥和老罗很吃惊，在他们的印象里学校宿舍比我现在住的出租屋强多了。

我说我认床，这几天睡这儿睡得很踏实，想再睡睡。

他俩知道我在撒谎，但是也不问原因，打着哈欠去睡了。

我躺在床上，睡意全无。我不回学校，其实是不想见到小巴。

我侧着身子睡，面向墙壁。我睡着了，醒来的时候听到了隔壁的声音，夜半无人私语的时刻，比白天和颜颜听到的更强烈，我甚至感觉那边的地板的震动已经传到了我这边。

轰隆的声响，我以为那边把床搞塌了！

明亮的闪电划过窗，原来是打雷了！

雷声巨大，盖过了隔壁的声音，世界开始安静下去，或许他们也被雷声吓到，开始放弃制造他们的雷声了吧。

雨稀里哗啦地下了起来，在黑暗的夜里，我能清晰地听见那些雨砸在房顶上，砸在街道上粉身碎骨的声音！

竟然有了寒意，我裹紧被子，沉沉睡去。

早上我看到住在隔壁的那个女生，男生上班去了，她做饭。我上完厕所准备洗手的时候看见她端着一小盆菜过来洗。

她跟我打招呼："你好啊，你们每天在那边房子里写诗？"

她跟我说"写诗"两个字的时候眼里充满着光芒，她觉得我们是很有文化的一批人。

她让我先洗手，我洗完手，就问我能不能帮她端盆子。她说可以。

我给她端盆子的时候一直用眼睛的余光瞟她，从头到胸再到脚。她感觉到了我火辣辣的眼神，转身对我说了声谢谢，端起盆子就上楼去了。

我立在原地，感到无比尴尬。

第十章　她竟然是婊子

在甜蜜果仓中
一枚松鼠肉体般甜蜜的雨水
穿越了天空　蓝色
的羽翼

光芒四射

并且在我的肉体中
停顿了片刻

落到我的床脚
在我手能摸到的地方
床脚变成果园温暖的树桩

它们抬起我
在一只飞越山梁的大鸟
我看见了自己
一枚松鼠肉体
般甜蜜的雨水

在我肉体中停顿
了片刻

——海子《肉体》

小巴给我打电话，说大家很久没见了，有事和我说。

见到多日不见的小巴，我只顾埋头喝酒。

小巴也没有同我说话，一个劲儿地猛喝酒，我知道他今晚约我出来应该是想把颜颜的事和我摊牌。

很快他喝醉了，眼睛血红，走路歪七扭八。

“为什么，为什么去找那个婊子，她多么肮脏你知道吗？这世界多么肮脏你知道吗？他妈的，那些道貌岸然的全他妈是男盗女娼的流氓！还他妈诗人！完全狗屎！”

他的怒火被点燃，掀掉了塑料棚子下的一排桌椅。现场围了好多人过来，我们像两个准备决斗的仇人一样，被一群人给包围起来。

眼睛血红的小巴随时都有可能冲过来和我扭在一起干架。

喝醉的小巴怒了，塑料棚子的主人、火柴、阿亮甚至亚哥都不敢过来劝架。

我平静地等着小巴过来和我干架，他没有过来，他哭了！

他蹲在地上像个女人一样呜呜嘤嘤地哭。

小巴原来也会哭啊，那么脾气暴躁，三句话不对胃口就要操起凳子打人的小巴居然哭了。

对于小巴的哭，我们都手足无措。

火柴和阿亮、亚哥上去安慰他，他们试着扶他起来。

小巴挣脱了，包括体型肥硕的胖子阿亮和魁梧的亚哥，他向我冲了过来。

我想，我要挨上小巴的拳头了。

他跌跌撞撞地冲到我身边，一只手搭在了我肩上。

他血红的眼睛盯着我，满嘴的酒气喷到我脸上。

“曹小木，还是不是兄弟？啊？是不是兄弟？”

“是。”我回答得无比懦弱。

“我不反对你和颜颜交往，可她本身就是一婊子！猪狗不如的娼妇！”

“不许你这样说她！”我怒了。

几乎想扇小巴一耳光。

“呵呵，你还维护她，你知道她现在和谁在一起吗？”

十一刀和颜颜挽着手从学生会办公室出来，是晚上的九点，他们在颜颜的宿舍楼下待了半个小时，期间他们亲密地说情话。

小巴和我躲在离他们几米远的一棵槐树的阴影下，小巴不关心颜颜和十一刀的亲密动作，他坐在树下的几块砖头上一根接一根地抽烟。

十一刀走后，颜颜没有回宿舍，她开始过马路，小巴拍拍我的肩示意我跟上。

颜颜穿过马路，一路向北走。我和小巴鬼鬼祟祟地跟在她身后，我们不敢离得太近。有时候，她左拐右拐差点儿把我们甩掉。

最后，我和小巴在一家灯光昏暗的酒吧大门前停了下来。

颜颜钻进了那个酒吧。而我和小巴在门口徘徊，门口衣着暴露的女人一直招呼我和小巴进去。在她们的手要触到我们身体的时候，我和小巴像躲避瘟疫一样慌忙躲开。

我们一人拿了一瓶矿泉水坐在酒吧对面的马路牙子上等颜颜出来。

我喝了一口水后喃喃说道：“颜颜怎么能去这种地方？”

小巴忽然推我：“她出来了！”

我俩迅速缩到路灯照不到的阴影里去。

颜颜出来的时候，还挽着一个男人的胳膊。我看不清那男人的具体模样，只是瞥见他在路灯下一晃而过的背影很熟悉。

我和小巴跟在他们身后，他们专拣人少灯少的小巷子走。

在一个拐角处，男人一把将颜颜挤在墙上，他们接吻、抚摸，男人的手顺着颜颜的丝袜上下求索，他们都气喘如牛！

我和小巴在离他们十几米的一个角落里，能清晰地听见他们淫荡的声音。

一股异样的气息弥漫在空气中，我和小巴互相看了看，一句话也没说。

“走吧，再看下去我受不了！”我悄声地对小巴说。

他却腾腾地走出去了，他向颜颜的方向走过去！

我完全愣在原地。

我眼睁睁地看着小巴向那对正沉浸在情欲海洋中的男女走过去，他刚走出不远就被发现了。

男人转过头，我完全惊呆在原地，他竟然是诗人周子！

当他看清是小巴后羞得满脸通红，他推开已经衣衫不整的颜颜，有些结巴地自我解释："这么巧啊。喔，这是我女朋友。"

"禽兽！亏得老子那么尊重你，原来你是这种人！"小巴怒不可遏。

"老子和谁谈恋爱犯不着你吧？"

周子忽然翻脸。

"你玷污了诗歌！"

"快滚！"

"你说什么？"小巴气得牙关咬紧，全身哆嗦。

"叫你狗日的快滚啊，听不懂人话吗？要不是我抬举你，你能在诗歌圈子里混成这样，别不识抬举！"

小巴一脚踹在了周子的脚踝上，那晚小巴穿的是尖头皮鞋，那一脚应该很疼，周子像猪一样号叫起来，险些跌倒。

他身后的颜颜被吓得失声尖叫。

周子回过神儿来，一拳砸在小巴脸上。他被打得鼻血纷飞，倒在地上。

我冲上去，飞起一脚将周子踹倒在地。周子没想到小巴身后还有人，没有防备，我那脚结结实实地踹在了他的胸口，他闷哼一声，也翻倒在地。

小巴爬起来捡起地上的一块砖头就过去砸人，他挥着砖头死命地砸周子！

周子双手抱头，完全丧失了抵抗能力。

颜颜吓得连哭的力气都没有了。

我怕小巴打死人，跑上前去抢走了他手里的砖头。

"用脚踢就可以了！"

我和小巴对着蜷缩在地上的周子一顿暴踢，他的鼻血洒在了我们的裤管上，星星点点，甚是血腥。

我们被忽然响起的警报声吓住。

“妈的，一定是有人听到声音报警了。快跑!”

我拖着小巴往巷子外跑，还没到巷口我们就被堵住了。

警察凶神恶煞，说话都是用命令式的口吻。

我和小巴被带上一辆停在巷子外的警车，它旁边还有一辆急救车。我们在车上待着的时候，看见被用担架抬出来的周子，颜颜一路跟着显得慌慌张张。

“他不会死吧。”

坐在警车里，我才开始感觉到后怕。我已经开始想怎么给我父母交代，怎么给学校的老师同学交代，想着想着就后悔了。

小巴一句话也没说，侧脸看着车窗外，显得很平静。

从派出所出来的时候，他还是一脸平静。

我们是被学校的保卫处处长领出来的，那个处长比派出所里的警察凶了很多。他走在我和小巴的前面，回头看到我和小巴有气无力地在他身后走得懒懒散散、拖拖拉拉，气就不打一处来：“你俩给老子走快点!为你们的事我都错过了接孙子放学的时间!”

他说完就挺着他高耸的肚子，扭着肥硕的屁股继续往前走，我和小巴就跟着那个肥硕的大屁股一起回到了学校。

在保卫处处长那间豪华的办公室里，他又狠狠地将我和小巴骂了一顿。

“你们俩准备五万块钱，交了这笔钱你们或许不会进监狱。但是学校领导正在开会讨论开除你们的事情。”

“出去吧。”

他挥挥手，语气缓和了下来。

我和小巴自始至终一句话也没说，像两只木偶立在他的办公室。听到他那句“出去吧”，我和小巴转身出了大门。

在大门外，小巴抬头看了一会儿天。我也跟着他看，但天上什么也没有，哪怕是一朵洁白的云也没有。

“小木，我们可能要被开除了，保重。”

他转身走掉了。

我独自站在风中不知道该怎么办，保卫处处长骂我们的话一直回响在我脑海中。

得筹足五万块钱，不然都得进监狱！

但五万块钱，对我或者小巴都是天文数字。

我不能向家里要钱，要也要不到那么多。

颜颜找到了我，递给我一个信封。

“里面是两万块钱。”

我惊异于她竟然有那么多钱，更惊异于自己竟然没有骂她婊子，甚至没有拒绝她施舍的钱。我是希望她说些什么的，可是她什么也没说。她没说，我就自己说。我告诉她我和小巴要被开除了。

我喋喋不休地说，我历来说话是比较少的，但是那天我说了很多，我说着这些她可能已经了如指掌的事情，忽然，我觉得很无聊。那天，L 城的天空，没有阳光，一片死灰，鸟不拉屎。

于是我便停了下来，忽来的寂静中，颜颜只是怔怔地看着我，眼里不知是漠然，还是什么。

“你照顾好自己。”

我记得她就说了这么一句，便走了。

我望着她的背影，忽然间就悲伤起来，我想我还是爱她的吧，不然为什么会这样悲伤呢，我想到这些的时候，便开始鄙视自己了。我好比一条记吃不记打的狗，缠着凶恶主人的那根骨头不放。

我回到宿舍的时候，已经是夜三更的时刻，躺在床上，收到一条短信，是颜颜发的，只有一句：“你不要看不起我，那是自愿的。你要是嫌弃我，我们以后不要再联系了吧。”

小巴突然来找我，他递给我一个信封：“里面是三万块钱，我向家里要的。”

他给我塞下信封就走了。我追上他，和他并排走。

我们横穿过整个学校，出校门的时候，一直不说话的小巴平静地问我："去喝一杯怎么样?"

他忽然笑了，笑得那么灿烂。

我有些担心地看着他说，好，我们去喝一杯。

在校门外的小酒吧，小巴喝醉了，喝醉了的小巴一直谩骂着。他说他在这个地方待不住了。我觉得也是，这个破地方，这所学校，有什么好待的！我们打着酒嗝，一起骂着学校。我们知道，开除的通知会在明天贴出来，我觉得无所谓，我问小巴，他是否也有这样的想法。

他干掉了最后的半杯红星二锅头，站起来，晃着身子说："滚他妈的破学校，老子不稀罕!"

说完，他便跌倒在椅子上，开始哭，声音有些悲戚，眼里是火红的血丝。

我忽然想起第一次见到小巴的时候，在一次诗歌朗诵会上，他穿了蓝色的衬衣，坐在我身边很认真地听朗诵，他和我握手的时候，微笑着说："你可以叫我小巴。"

第二天是星期天，昨夜的痛哭和酒精让我昏睡到了十点，大量的酒精让我浑身无力，迷迷糊糊间，我听到了手机铃响，拿起电话，是小巴打来的。

他的声音有些苍凉："通知上没你的名字。"

我想真正悲伤的人应该是小巴，但事实上是我。小巴他爸把他堵在了公寓的楼门口，据说那天围观了好多人，多是看热闹叫好的，小巴他爸用皮鞋和皮带狠狠地打了他一顿后愤然离开。我赶到的时候，他已经躺在医院里。我坐在他身边，一时不知道该说些什么。他望着我，亦是漠然无语。

他检票上车的时候，我是想对他说些什么的。而他却是一脸无所谓的表情。我终究还是没有说什么，只是在列车员催我下车的时候，我急切地望向他，我亲爱的小巴坐在椅子上，脸侧向窗外，望着外面无声的风景。我只好叹口气，淡淡地说道："小巴，对不起。"

小巴比我想象的要大度，他摆摆手："没事，真的没事的。"

说完，他便不再看我。

我望着那列火车缓缓地开出站台，黄昏的风渐渐同暮色弥合，我的心也一层层地向下掉。

小巴，如果像你说的那样没事，该多好。

小巴，我亲爱的兄弟，走好。

我抬头望着窗外灰色而阴霾的天宇，努力抬起头来，却感到浑身瘫软般无力。

第十一章　她们淹没在一片金色的夕阳中

在五月里一块大岩石旁边
我想到美
河流不远　靠在一块紫色的大岩石旁边
我想到美　雷电闪在离寂静
不远的地方
有一片晒烫的地衣
闪耀着翅膀
在暴力中吸上岩层
那只在深红色五月的青苔上
孜孜不倦的公蜂
是背着美的呀

在五月的一块大岩石的旁边
我感到岩石下面的目的
有一层沉思在为美而冥想

——骆一禾《为美而想》

小巴走后的某个星期天，我出去找亚哥。

大门半掩着，我推开门的时候，发现里面空无一人。

人走干净了也敢把门开着，我觉得亚哥也太大意了。

我随性地坐在经常坐的那张椅子上发呆。门口闪进人影：“亚哥在吗?”

我从冥想中回过神儿来，一个高挑的女孩站在我面前，挡住了门口刺眼的光线。她的脸看起来不那么的真切，她隐在了一片光明中，我忽然想起了高中的时候，我也见过这样的场景。那时，同样的一个昏沉的黄昏，我在操场打球，同桌张晓带着闺密来见我。我的高中在一个鸟不拉屎的小城，学校操场建在全校位置最低的一块洼地里。我打完球往回走的时候，张晓和她的闺密就站在操场通往学校正门的大石阶上。校门朝向西，大片的夕阳从她们的背后射来，将她们淹没在一片辉煌的金色中。她们变得那么不真切。

只记得张晓挥舞着手中的矿泉水瓶大声对我喊："曹小木，打得不错!"

"亚哥呢?"

我被喊了一声，回过神儿来，我站起来，还有些恍惚。我说，我不知道亚哥去哪儿了。

她睨我一眼，自顾自地在亚哥屁大的屋内转了一圈，然后对我说："亚哥不是说他今天在这儿等我吗，竟敢放我的鸽子!"

她又转过头来看着我："你真的不知道亚哥去哪儿了?"

语气和缓了很多。

我说我真的不知道，我来的时候门没关好，里面没人。

她"喔"了一声，把包一扔，坐在了我的身边："你给我分析下亚哥会去哪儿?你和他很熟吗?他平时有没有勾搭其他的小姑娘?"

她问的问题我一个也不能回答她，我于是站起来："我想起来，我还有要事要办，得先走了，你一个人在这儿等亚哥吧。"

我怕她还要问我什么，赶紧脚底抹油向门外溜去，在大门外撞到了人，我抬起头来，是亚哥。

他看见我很高兴，对我说："小木，你在啊。"

我嗯嗯啊啊地对他说："是啊，有人在等你。"

我闪开身跑了，不顾亚哥在后面喂喂地叫我。

没跑几步，就被从后面追上来的亚哥拉住，他说你不能走，赵青青又不是妖怪，你怕个毛线啊。

“我不是怕，我是有急事。”

“你有个屁急事，你就给老子好好地待着。走，吃饭去，今天老子请客。”

在金鼎轩火锅店，亚哥点了快七百块钱的菜，我暗中戳戳他：“你带了那么多钱吗？没钱不要打肿脸充胖子。”

他从裤兜里拿出一个厚厚的建设银行的信封对我晃了晃，我不知道这小子在什么地方发了财，但是，不吃白不吃，既然亚哥敢请，我就敢吃。

席间，我看到坐在我对面的赵青青一直在埋头吃菜，我和她之间隔着一层腾腾的白气，我看不清她的脸。我偷偷问亚哥：“这么正的妞儿，哪儿搞上的？”

他嘿嘿笑着，起身坐到了赵青青的身边，趁机摸了一下她的屁股。赵青青嗲声叫了一下，我故意瞥了下赵青青的屁股，她的屁股很圆、很翘，是我见过屁股最翘的女生。

我有些尴尬，但还是强作镇定吃完了火锅，其实火锅吃到后来就没意思了，我后半段都是在看亚哥和赵青青打情骂俏，全然没把我这个大活人放在眼里。吃完的时候，亚哥把我送到门口，说：“你先回去吧。”

我当然知道这小子的阴谋，我说：“好吧，注意计划生育啊。”

亚哥嘿嘿干笑：“我会的。”

亚哥揽着赵青青的腰往西山路走去，那边林立着大片的旅店宾馆，灯红酒绿间摇曳着一种暧昧淫荡的气氛。

我看他们淹没在了人流中，亚哥把手放在了赵青青的屁股上，赵青青把他的手拉开，亚哥使劲儿拍了拍赵青青的屁股。

我悻悻地回到了出租屋，火柴在大声朗读自己写的诗歌：骚年，觉醒吧，前进的路披满荆棘……

火柴让我和他一起读诗，我说我想睡了，就把自己摔在床上，脑子里全是亚哥拍赵青青屁股的画面，那些画面荡来荡去，搅得我心烦意乱。

我开始幻想和赵青青上床是一种怎样的光景，但我忽然悲哀地发现，我还没有和任何女孩上过床。想到这些，无比失落。

我想如果我是一条狗，赵青青是一条与我平时玩得好的母狗，玩得好莫过于，我会把我平时在某个垃圾堆里找到的食物给她一点，然后就可以正大光明地和她上床。

狗之间是可以无所顾忌的，只要喜欢就可以做。

我忽然想起了老家王麻子家那条土公狗的种种恶行，那条土公狗有个难听的名字，叫二蛋。那是一条我见过的所有狗中，最没节操的一条。狗最重要的品质——忠诚在它那儿完全丧失掉，剩下的只有奴颜婢膝和阿谀奉承。

比如，有次王麻子家来了贼，二蛋见贼人手里提了根木棒，就缩回自己的窝中，一声不出，任凭那些贼人将王麻子家的大门撬了个稀巴烂。最后贼人们离开的时候，发现了蜷缩在窝中大气不敢出的二蛋，二蛋那强壮的体格当时的确吓到了那帮贼人，他们立刻举起木棒做出自卫的姿势。如果这时二蛋能狐假虎威一次，那帮贼人没准儿就被吓得屁滚尿流，逃之夭夭了。但是二蛋赶紧低吠几声，从窝里俯着身子爬出来，走到墙角去，不住地用它怯怯的眼神瞅那帮人，那意思就是在说，你们要干啥就干啥吧，不要管我。

那帮贼人终于看清二蛋是个怂货、软蛋，胆子便大了起来，甚至走过去用棒子戳它的头，二蛋吓坏了，不住地摇尾巴示好，那帮贼人戳了它几下，它拼命地摇尾巴，还装出兴高采烈的样子来。终于，那帮善良的贼人不再捉弄二蛋，慢悠悠地哼着歌走掉了。

但王麻子家二蛋最大的缺点还在于成天去勾引村里的母狗，村里上到八十岁的老人下到三岁的小孩都对王麻子家二蛋那副德行义愤填膺。村里哪个女人要是怀疑自己男人在外面勾搭女人就会骂道：你个傻 X，跟二蛋一个德行，成天在外面勾三搭四。

我曾多次目睹二蛋在村里勾搭母狗的情形，二蛋的基本策略一般是这样的：它会将在某个垃圾堆里翻出来的食物叼着去找村中的母狗，但母狗通常都不会理会那些垃圾，二蛋就不厌其烦地把那些垃圾放在母狗的面前。如果哪个母狗对二蛋叼来的垃圾嗅了嗅，二蛋就开始爬到那母狗的身上干坏事。二蛋凭这招几乎把村里的母狗都给糟蹋了，以至于村里的很多男人都很羡慕二蛋，也都想成为二蛋。

我有时也想成为二蛋，其实，我们每个人心中都有二蛋那样的劣根，只不过我们努力不表现得像二蛋那样直接。

我觉得这个夜我将再次失眠，隔壁屋里老罗早已鼾声如雷，整个旅馆黑灯瞎火一片漆黑。我轻手轻脚地打开大门，想出去透透气，刚下楼没几分钟，电话突兀地响了起来。

“喂，是曹小木吗?”

“我是曹小木，请问你是?”

“喔，我是赵青青，我现在在西山路，我需要你的帮助，你能赶过来吗?”

“好，我现在就过来。”

我跑去街边打车，昏暗的路灯下，等待了大半天没有一辆车经过。

我决定走过去，西山路离这儿也就两公里。

我一个人走在城市昏暗的路灯下，这座城市太过于节约，路灯稀少，而且光线还非常昏暗。

颜颜带我去过这座城市的滨江路，那里一到夜晚，全是流光溢彩的灯火。璀璨的灯火映照着静夜里的江面，每当这个时候，颜颜就会买上一个大大的棉花糖，让我陪她散步。

在我发现她和周子那些龌龊事前，最后一次同她散步是在一个初冬的夜晚，那时候，小城出奇的冷，十几年不见的寒潮从北方席卷而来，小城罕见地在秋天下了雪。

我在那天的日记里这样写道：窗外，有零丁的雪花落在校园。

忽然接到颜颜的电话，她说：“小城下雪了哈。”

我说：“是啊，下雪了，秋天下雪很罕见。”

她说：“这么好的夜晚，这么好的雪花不出去走走多可惜啊。”

“那我陪你出去走走吧。”

我挂了电话赶紧穿衣梳头，洗脸照镜子。

潦潦草草地收拾完，刚走出宿舍楼门就见到了在风中瑟瑟发抖的颜颜。

我说："现在的滨江路肯定美极了，不知道这么大的雪，江边的烤鱼还卖不卖?"

"我看见前面还有一家烤鱼店开着呢，我请你去吃烤鱼吧。"

我沉浸在回忆里，直到走到西山路出口才发觉我走过了。我掏出手机给赵青青打电话。

"你在哪儿，我已经到西山路的出口了。"

"你现在向后走几步就可以看到我了，喔，我现在看到你了。"

我放下手机转过身，看到前方的人群中有个女生在向我招手，我迅速跑过去。

"嗨!"我跟她打招呼，假装将手撑在膝盖上，装成很累的样子，弯着身子不敢看她的眼睛。

等我把气喘得差不多了，我就问她："怎么就你一个人，亚哥呢?还有，你要我帮什么忙?"

她没有回答我的问题，而是上来挽着我的胳膊，对我说："我想让你陪我逛逛，我的心情很不好!"

我猜她和亚哥肯定是吵架了，我想问她是不是和亚哥吵架了，但想想还是算了，她不想说，问了也是白问。

我陪她在西山路拥挤的人潮中逛街，有个路口的车流很多，我们在马路边等了半天，还不见绿灯亮起。几次她想横穿滚滚车流，都被我一把拽回来。我沉着脸对她说："你不要命啦!"

她嘿嘿对我笑："车速很慢的，我们小心一点就过去了。"

说完，攥着我的手，拉我过马路。她长长的指尖触到我手心，有一种微凉的触感瞬间刺到我的心里。路上车流滚滚，耳边是嘈杂的吆喝声和鼎沸的人声。而我像失聪者一样，听不见了周遭的声响，直到赵青青把我带到了对面的人行道上。

过了马路，赵青青对我说："那边有家奶茶店，我们去喝奶茶，还可以下棋。"

坐在透着浓重暧昧气氛的奶茶店，我们一边吸着奶茶管子一边盯着桌上的象棋。赵青青会下象棋，而且下得很好。刚走了几步，她就以凌厉的攻势攻进了我的大本营，我的一马一车出师未捷身先死，而一炮一马被她看住左右动弹不得。

我知道我是遇到了高手，其实她可能也不是高手，而是我的水平太差的缘故。虽然，我从小学五年级就开始下象棋，棋龄也有十几年了，但是在赵青青的面前还是不堪一击。看到我左右为难，她嘻嘻地笑了起来。

我很疑惑，猜想她是不是真的失恋，一个失恋的人怎么可能还有这么冷静的思维，怎么还能在这么短的时间里将我杀得一败涂地？

于是我问她："赵青青同学，亚哥去哪儿了？"

她脸一拉："不要和我提那个人。"

"你们吵架了？"

"是的。"

"为什么？"

她瞥我一眼："你怎么像个查户口的？"

我也觉得自己的确问得有些多了，很识趣地闭了嘴。

赵青青喝了两口奶茶后想起刚才可能对我太凶了，于是便用温柔的语气对我说："我不想说关于亚哥的事，你也不要问我了，行吗？"

我假装沉着脸，轻轻地回答："我以后都不会问你关于亚哥的事了。"

赵青青以为我还在生气，她想继续给我道歉。但是她的手机响了起来。

她拿起手机，看了看，摁掉了。过了一会儿，手机又响了起来，她又果断摁掉。

其实不用她说，我也知道是亚哥打过来的。

我想劝她接电话，但想到她先前因为亚哥的事给我甩脸子，到嘴边的话又咽了回去。

亚哥锲而不舍地打电话过来，赵青青的电话隔十几秒就响一次，如此折腾了十几次，整个奶茶店的人都齐刷刷地看向我们。

赵青青鬼哭狼嚎的铃声把他们给惹毛了，我对赵青青说：“我们去外面吧，在这里吵到别人了。”

赵青青说：“别管他们。”

我又建议：“那你能不能把你的手机调成震动?”

“我又不怕打扰他们，我就响铃怎么了?”

我知道我是不能说服赵青青了，换句话说，赵青青现在很不正常，我环视四周，发现有许多人对我们已经很不满了。说不定下一刻就冲过来把我和赵青青一顿海扁狂揍。

我一把将赵青青拽到大街上，在大街上，她甩开我的手。

“你把我拉出来干什么?”

我已经快被她气死：“我真想一脚把你踹到街对面去!”

“那你踹啊，亚哥打我，你也打我，你们男人没一个好东西!”

她在我旁边絮絮叨叨地抱怨，中间夹杂哭声。街上那些摆地摊，卖烤羊肉的都被赵青青的吵闹声吸引，齐刷刷地向我们看过来。

我转身走掉，这是个疯女人，我惹不起还躲不起吗?

我刚走出几十步，赵青青从后面追上来。她抓住我：“不要走，留下来陪我，好吗?”

我说：“我又不是你的男朋友，我没有义务陪你。”

“但你放心把我扔在这大街上吗?”

我环视了下四周，街上有许多喝醉酒的流氓，混混，他们骑着摩托车一边开玩笑，一边抽烟，陶醉在吞云吐雾中。

我再瞅了瞅赵青青笔直的腿还有她翘挺的臀部，我想这些都是她很不安全的因素。

“好吧”，我对她说，“我陪你。”

“你学校在哪儿，我送你回去。”

她说：“我不住学校，我在外面租有房子，我们不坐车，走回去，好吗？不是很远。”

我点点头，和她一起走回去。

在回去的路上，赵青青安静了下来。

没有向我哭诉，也没有抱怨，只是静静地走在我前面带路。

在一个路灯很少的路口，她的高跟鞋一脚踩滑，见她快要摔倒，我急忙上前一把将她搂住。我的手横拦过她的腰，甚至触到了她胸罩后的扣带。

我放开她后，她嘿嘿笑着对我说谢谢，并开始抱怨不应该穿高跟鞋出来。

我其实想上去拦着她的腰，并对她说，我扶着你走吧。

但我最后变成了："你走路的时候小心点，多看着脚下。"

走到一个很老旧但很有情调的小区，在昏黄的路灯光下我看见灰色的水泥楼墙体上写着"铁路小区"几个字。

在小区的门口，她对我说："我就住在这儿。"

"那你就快上去吧。"

她走了两步，回头对我说："要不你上来坐坐，我一个人住。"

她那句"我一个人住"，让我浮想联翩，她对我说"我一个人住"无非想表达她屋里没其他人，我不必担心其他人说什么。

而另一方面，想到我和她独处一室，半夜三更加上孤男寡女，会发生什么呢？

如果亚哥知道这件事，那又会发生什么，赵青青虽然和亚哥吵架了，但是他们分没分手，我不知道，而且就算分了，是真分还是假分？

从亚哥锲而不舍地给赵青青打电话的情况来看，亚哥还是爱着赵青青的。俗话说，朋友妻不可欺，何况亚哥和我还是铁哥们儿。

赵青青站在路灯下，期待着。我看了下表，才九点半。喝一个小时还能赶回出租屋去，所以，我答应了她。

赵青青领着我上楼去，昏暗的楼梯左拐右拐，我没心思看路，眼睛都停留在赵青青笔直的腿和挺翘的臀部上。

"到了"，她站在一扇古铜色的大铁门外对我说。她掏出钥匙开门，我跟随她进了屋。

坐在沙发上我看着她忙碌着给我煮茶，她回头看我坐着无聊，便把电视打开。"你可以看电视。"她说。

我拿着遥控器换台，房间里不时变换着明暗不定的光线。我的心都在赵青青身上，我害怕和她发生什么，但是，我又希望能和她发生什么。

这种奇怪的想法从一进屋子就缠绕着我，我最后选定了一个放动画片的节目，她抬头看了一眼电视，对我说："你怎么像个孩子一样，竟然看动画片。"

我嘿嘿地笑了，她将煮好的开水端过来放在茶几上。又从厨房里端出了一个榆木的小方桌，她将小方桌放在茶几上，我看到小方桌上放着一套专门沏茶的瓷器，包括几个看起来很名贵的茶杯。赵青青从一个丝绸袋子中抓出她保存的茶叶，在小桌上给我沏茶。

她像川端康成笔下的日本女子一样，温驯地在我的面前摆弄茶道。

我在初中时看过老川的《伊豆的舞女》，现在已经忘了那是谁的译本，但是，初中看的那本是我看过的最好的一个译本，诚挚谦恭的叙述，仿佛大片的樱花飘落在那个神奇的岛国。

在我思考的那段时间，赵青青已经泡好了茶。她给我泡茶的时候，不是和日本女人一样跪在地上，而是蹲在地上，现在她把茶泡好了，就站起来指着我面前的茶杯对我说："曹小木，请喝茶。"

我端起茶杯浅酌一口，说："我觉得你很像一个日本人。"

"你才像日本人呢"，她生气了，"我辛辛苦苦给你泡茶喝，在地上蹲了半天，现在脚还麻着，你竟然说我像日本人！"

我知道，赵青青一定是误会我的意思了，我说她像日本人，其实是想说，她像日本女人那样拥有温驯的性格。

但赵青青一定以为我把她比作电视剧里那帮天天叫嚣着八格耶鲁，干着杀人放火勾当的鬼子。

我跟她解释，我不是说她是鬼子，我是说她像老川笔下的那个很温柔的舞女。

她听了我的解释后，心情好了许多，坐在我的对面，和我一起喝茶。

她喝了一口茶后问我："你说的老川是不是川端康成？"

我哈哈大笑，看来你挺聪明的嘛。

她嘚瑟地笑，然后突然问我："你谈过女朋友吗？"

我举着茶杯的手停在半空中，赵青青看着我，问："怎么，我是不是问错问题了，问到你的伤心事了？"

我说："我现在不想说这方面的事，能不能不要再问了？"

我在那个古典而破旧的小区大门外向赵青青挥手道别，我最终没有同赵青青发生点什么。其实，我是想同她发生点什么的，只是，她不同我谈这方面的事，我们只是纯粹的喝茶。我大概喝了二十几杯茶，赵青青也喝了很多，中间她去上了一次厕所，我听到她在卫生间的冲水声，心一直在忐忑。

她出来后，看到我紧紧地握着我的茶杯，问我怎么了。

我说没事。

然后，我低头继续喝茶，努力平复自己的心情。

我们喝到十点，她看了下客厅里的挂钟，对我说："时间晚了，今晚就喝到这儿吧。"

我其实想对她说，我们继续喝吧，喝晚了我就住这儿了。

但话到嘴边就变成了："那好吧，我先走了，你早点休息。"

她把我送到楼下，我本不要她送，但她特意要送。

我沿着小区的昏黄的路灯向外走，赵青青在我后面大声喊："曹小木，晚安！晚安啦！"

她的声音很大，我怕这个小区的人明天都去打听谁是曹小木，我不回答她，匆匆跑掉了。

回到出租屋，刚爬上床，电话就响起来。

是亚哥的电话，我大概知道他会问什么，我有些无奈地接通。

亚哥在电话中问我，是否知道赵青青的情况，他说赵青青和他吵架分开的时候，赵青青向他问了我的电话。

至此，我才知道了当时为何赵青青打电话给我了，原来她是向亚哥要了我的电话号码。

然而我不敢把发生的情况告诉亚哥，他一直是个性情中人，他是那种为了朋友可以两肋插刀的人，就像梁山泊上的那群好汉。但是，就算是梁山泊上的那群好汉也没有好到可以共享老婆的地步。甚至三国时代的刘备，虽是说出了兄弟是手足，妻子是衣服的话，但是也没见得把自己的衣服送给自己的手足。

所以，亚哥要是知道我和赵青青之间发生的事，虽然我们其实什么都没有发生。但是，孤男寡女共处一室，在外人看来怎么都不会正常。

亚哥是梁山泊的绿林好汉，既然是绿林好汉不仅可以为朋友两肋插刀，也可以为了爱人插情敌的两肋两刀。

于是，我便对亚哥说先前赵青青是给我打电话了，叫我去西山路见她，但我没有去。

我还假意劝他打电话去好好安慰赵青青，女人嘛，一哄就没事了。

亚哥将信将疑地挂掉了电话，我长长地舒了口气，我很少对人撒谎。这次对自己的好朋友亚哥撒谎，我的整颗心都紧缩成了核桃。

以前常听人说，某某重色轻友。我那时候认为我一定不是那样的人，许多人都认为那样的男人不是真男人，我也这样认为，但我现在却成为了那样的人。

我在深深的自我鄙视中睡着了，并且做了梦，梦里依旧是颜颜的影子。

第十二章　蓝姬 8 号酒吧

放逐的诗人啊
这良宵是属于你的吗?
这新嫁忍受的柔情蜜意的夜是属于你的吗?
不，今夜没有月光，没有花朵，也没有天鹅，
我的手指染着细雨和青草气息，
但即使是这样的雨夜也完全是属于你的吗?
是的，全部属于我。
但不要以为我的爱情已生满菌斑，
我从空气摄取养料，经由阳光提取钙质，
我的须髭如同箭毛，
而我的爱情却如夜色一样羞涩。
啊，你自夜中与我对语的朋友
请递给我十指纤纤的你的素手。

——昌耀《良宵》

每个城市的诗人都喜欢去酒吧聚会，在酒吧里，他们在昏暗的灯光下，在酒精的刺激下，在女人们扭动的腰肢和大腿下就有了创作的灵感。

蓝姬 8 号酒吧就是一个 L 城诗人们经常光顾的酒吧。

蓝姬 8 号坐落在滨河路上，毗邻 L 城繁华的商业中心，边上是大学城，夏天的时候经常有穿着超短裙或者薄纱裙的姑娘和形容枯槁、穿着寒酸的诗人出入。

我们去蓝姬 8 号酒吧是去见老薛，亚哥联系上了老薛，他决定支持我们的诗社。

“以后都不去贴周子那禽兽的屁股了!”亚哥好像是在安慰我。

我火柴、亚哥、老罗抱着一大沓诗稿和策划书跑去蓝姬 8 号见老薛。

那时候，我们刚知道我们常去喝酒的蓝姬 8 号的幕后老板竟然是老薛!

老薛很帅，很有钱，穿得很得体的样子在蓝姬 8 号的门口等我们。

那是我第一次和老薛讲话，他的声音沙哑却富有磁性。在酒吧最豪华文艺的小包厢，我们向老薛介绍诗社的情况。老薛一根接一根地抽烟，一边听我们的汇报，一边翻看我们留在桌上的诗稿。

我们汇报完了，他还在看我们的诗稿，烟灰簌簌地落在洁白的纸张上。

“年轻人能写出这样的东西，能白手起家办这样一个诗社，我很钦佩。”

他向后躺在沙发中，有些意味深长地看着我们。

“我可以在蓝姬 8 号给你们提供一个办活动和搞聚会的场所，你们来这儿搞活动，所有的费用全免!”

“你们尽量多带人过来，这儿场子大。”

临走的时候，老薛还热情洋溢地嘱咐我们。

我们一边走一边答应：“一定，一定!”

一个星期后，我们叫上了我们能叫到的全部青年诗人。包括亚哥、老罗、冬野、阿亮他们，那天，芦苇草诗社的第一份社刊发刊。

我和火柴他们提前一天便去布置会场。

布置会场那天，亚哥和赵青青也来了。他们来的时候，各走各的，没有说话，更没有拉手。我不知道他们是不是已经和好，赵青青经过我身边的时候，深情又幽怨地看了我一眼。

我装作什么也没看见，低头继续和火柴他们干活。

发刊仪式开始的时候，我在人群中看到了颜颜，我的心又开始晃荡了。

我和火柴、亚哥坐在主席台上，我们旁边坐着L城许多很牛的诗人，老薛坐在最中间。

亚哥主持发刊仪式，老薛致辞。

火柴已经深谙圈子中的道道儿，我发现老薛对这样的安排很满意。

老罗、阿亮他们也讲了话，我和火柴也谈了一些东西。轮到火柴讲的时候，他变得慷慨激昂，长篇大论地讲了很多。

我只讲了很少的几句，谈到了诗歌与理想以及现实的关系，我说："不论我们将来是否写诗，我都希望，我们能保持一颗诗心，拥有信仰。"

之后是剪彩、发刊，我们每人抱了一摞社刊给观众免费发放。

老薛做了总结性讲话。

老薛希望诗友们能经常来他的蓝姬8号酒吧喝酒聊诗歌，也讲了许多他年轻时候写诗、办诗社的各种不容易。

我听得厌了，趴在桌子上睡觉。

我瞥见赵青青在观众席上对我挤眼睛，她晃晃手中的手机，我掏出手机，发现她给我发了短信：结束后，我们在酒吧后门的停车场见。

蓝姬8号的后门入口很难找，发刊仪式结束的时候，我找了各种理由推托掉小巴、亚哥，甚至是老薛他们要求我一起去喝酒吃饭的邀请，谎称有急事，问了酒吧的好多服务生七绕八拐才找到后门的停车场。

远远地我就看见了停车场角落里的赵青青。

我们一起去了她的房子。

她一边给我煮茶一边说她每晚喝完茶都会看会儿书，有时候会看得很晚。她说她就像个夜猫子，黑夜给了她宁静的环境，在这样的环境下，她甚至可以写出很多很有灵性的东西。

我说："赵青青同志，你不能这样下去了。熬夜对一个女生来说，等于慢性自杀。"

“我知道啦。”她满不在乎地回答我。

她开始翻箱倒柜地找她的诗歌给我看，让我给她提意见。我说：“你写的东西很好，我提不出什么意见。”

她嘿嘿地干笑：“你又揶揄我了吧。”

见我对她的诗歌不感兴趣，她开始向我讲她的情感故事，她说她是一个情感很丰富的女孩，我说：“是吗？那你说来听听。”

她就真的给我讲起了她的情感故事，她追过的男生，追过她的男生，还有那些和她有暧昧关系的男生。

她说她初中的时候就开始追一个男生了，但是那个男生抛弃了她。她自认为自己是漂亮的，所以，被男生抛弃对她来说是一件很没面子的事情。

她开始去倒追那个男生，后来追到了，他们谈了三年，后来又分开了。她把那个男生甩了，看着那个男生很忧伤地各种苦求，甚至要挟要去跳楼，她还是不为所动。

我对她说：“你以后还是少给我讲点这种故事吧，会被你吓到的。”

她说：“你觉得我很强悍吗？”

我说：“有那么一点。”

她说：“但我保证，我会很温柔地对你。”

我那晚还是很知趣地在十一点前离开了赵青青的房间。

一个星期后是期末考试，为了复习因为办社刊而落下的功课，我每晚都复习到很晚。天气开始骤然冷起来，我感冒，发烧，白天输液，晚上看书。

赵青青知道了我的情况，打电话说要来看我。我说：“好啊，你来吧，今晚亚哥和老罗他们都正好不在。”

我等了她很久，觉得她不会来了的时候，有人开始敲我的出租屋的房门。我开门就看见赵青青站在门外，她竟然找得到！

她说：“我来看你了。”

她提了很多的东西来看我，我发现其中有一盒感冒灵颗粒，绿色的盒子棱角锋利，划破了塑料袋子。

“以后不要喝西药了，那会把你的胃喝坏的，喝中成药吧。”

她说话是那么温柔。

看着那些药，我竟然想起了颜颜。

她把东西往我桌上一放，开始找纸杯子给我倒水让我喝药。

我说我来吧，你找不到杯子的，话还没说完，她就在饮水机的柜子里找到了杯子，并倒好了开水放在我的桌上。又去捣鼓着给我拆装药的袋子，我说我自己来，她却赌气似的一定要给我把药冲好。

我只能眼睁睁地看着她在我的面前忙碌，末了，她端了一杯冲好的感冒灵颗粒走到我面前，做出一个很优雅的动作把药递上来说道：“小木同志，请喝药。”

我说：“如果杯子里不是药而是茶的话，我觉得我会很享受地把它喝掉。”

“那你就当它是茶喝掉吧。”

喝了药，我们开始聊天。聊了一会儿，她建议我说：“我们看电影吧。”

我问她想看啥，她说她想看宫崎骏的电影。

我说：“那就看《龙猫》吧。”

她说：“还是看《天空之城》吧。”

她说《龙猫》之前她看过，《天空之城》她没有看过。

我搬出电脑来和她一起看《天空之城》，她有些心不在焉，我说：“你不是说喜欢看宫大师的作品吗？”

她说：“我忽然想起，你明天早上还得去参加考试呢。”

我说：“没事，这点时间看书也没多大用处了。”

她说：“你看嘛，多看一点也是好的，你挂科了我会嫌弃你的。”

“那我看书了，你自己看看电影，喝喝茶。”

她说好，就将身子陷在我的大沙发中去，开始就着杯子喝茶看电影。

我背对她，开始看书。

我看了一会儿，转过头去看她，她看见我看她就呵呵地笑起来，说道："不要看我啦，好好看书。"

我说："你确定你一个人不无聊?"

她让我不要管她，专心看书。

我转过头开始看书，期间，我又转过头看了她几次，每次她都说："不要管我了，我自己看电影，你专心看你的书。"

看了一个小时的书，我看时间已经十点了。赵青青的住处离我住的地方坐车要一个小时。我怕天太晚了，她坐车回去不安全，于是就对她说："已经快十点了，我送你回去吧。"

她竟然说："我不要，我不要走，我要留下来陪你。"

我惊在原地，半晌才说道："还是送你回去吧，你在我这儿，我就得睡沙发。我明天还得考试呢，睡沙发的话我会睡不好觉的，我还是送你回去吧。"

"不要，我睡沙发，不会影响你睡觉的。"

最后，我执拗不过她，只能抱了一张毯子到沙发上躺下，指着床对她说："你去睡床吧。"

她抢过我的被子："我睡沙发"，说完把我推到床边去："你快点睡，明天早上还要考试呢。"

她跑到沙发上躺下，并把薄薄的毯子盖上。

我走过去，站在她身边："赵青青，听话，去床上睡。"

她依旧固执："我睡沙发。"

我才容不得她继续执拗，一把将她抱起。她身高 1 米 7，但是很瘦，不然，我也抱不动她。我抱她的时候，她没有反抗，很自然地勾住我的脖子，我将她放在床上："要不，我们一起睡吧。"

见她没有说话，我就脱掉她的鞋和自己的鞋爬上床去和她并排躺下，盖上了被子。

整个过程她一句话也没说，任由我摆弄。我将胳膊伸过去抱住了她的头，她侧身伏在了我的怀里，我轻轻地说道："青青，睡吧。"

她回答："不要。"

我说，又怎么了。

她说，穿着外套睡不着，她要把外套脱掉，要我也把我的脱掉。

我们将外套脱掉后，我能感觉到她身体柔软而温和，我们的脸靠得很近，彼此都能感觉到对方皮肤上的温度。我搂着她，忽然就有了冲动。抱住她的头开始吻她，她轻微地反抗了一会儿后就热烈地回应我，她甚至激动地咬住我的耳垂不松口。

我们气喘吁吁，我腾出一只手，像高明的外科手术大夫一样滑进她的胸口，然后顺势往下滑。她的肚子上没有一点赘肉，平滑得像瓷器。我的手继续向下滑，触到了她臀部上紧绷的内裤，我的手继续向下滑去。

“不要!”

她死命地拉住了我的手。

我有些不情愿地将手抽出来，她叹了口气：“好好睡吧，明天还有考试呢。”

我说我睡不着了，我继续吻她。她激烈地回应我，技巧纯熟。

我想脱掉她的内衣，她不答应我，也不明显地拒绝。我们在床上互相搏斗，很快大汗淋漓。门外忽然响起了脚步声，亚哥和老罗在门外叫我：“小木，睡了吗?”

我和赵青青面面相觑，大气不敢出。

半晌，我才装出迷迷糊糊的声音回答：“睡了，有什么事明天再说吧。”

“睡吧，小木，别闹了。”赵青青取下手上的橡皮筋将被我弄得凌乱不堪的头发扎起来后悄声对我说道。

我精疲力竭地躺在她怀里沉沉睡去。

早上，我们起得很早，趁亚哥他们还没有起床就偷偷地出去了。她陪我打车去考试，在车里，她一直握着我的手不放，将头靠在我的肩上。

到了学校，我让她快回去睡觉，她说她要看着我进教室才离开。我头也不回地走向教室。考完试后，浑身跟散了架一样。

她在校门口等我，我们去吃饭。吃完饭，她带着我去了她的学校，我们像许多情侣一样在校园里拉着手散步。

最后，我们在她的校门口挥手道别，她拒绝我送她回住处，分别的时候，她抱住我，在黄昏的大风中忘情地吻我。

坐车离开的时候，车窗里倒映出她瘦弱的影子，她伫立在黄昏的大风中，背后是大学校门前来来往往的学生。

第十三章　我们一起跨年吧

黎明之舟下碇，黄昏之舟启航
金星闪耀，为亡灵引路
掠过今世的马厩和葡萄园
给那些畏惧阳光的面孔
带去果实和成熟

梦的无花果，颤动在盘子里
语言的松柏，筑城在山峰
但这一切完美而无用，当金星
下沉，当月光洒落在
这北方荒芜的路径

啊，往世的月光！寂静的大地！
穿过黑暗的大门，听见风的絮语
被祝福的火焰熊熊燃烧
照见那些赤裸的花瓣——
信仰未来的躯体

只有这诗篇终将消逝
而岁月的真理是水落石出
岁月无尽，而往世不远
像一场风暴刚刚结束

而树梢上犹坐着风暴的母亲

被金星所赦免的善恶
化作灵魂的知识，熟悉这荒芜的
路径和人间悲伤的影子
一个女人的尖叫如此有力
仿佛晨曦同样为往世而升起

——西川《往世书》

考完试就要跨年了，跨年那天，我正在和芦苇草诗社的同人们庆祝。赵青青打电话来，我没接上，便短信她：你去我学校等我吧，我们在校门口见面。

她到我学校的时候，短信我说她已经到了，我便借故溜出去见她。

我在校门口见到她，她又提了很多的东西。我说："你以后来看我不要给我买东西了，你还是学生。"

我们在一个繁华的商业街口散步，我说要请她吃饭。她笑："何必那么客气。"

我说："看你那么瘦，我想把你喂胖一点，吃好了，你晚上就不会失眠了，就不会大半夜的睡不着了。"

她半开玩笑地问我："是不是我每天晚上和你聊天吵到你了？"

"那倒没有，我只是觉得你太瘦了，应该吃点好吃的补一下。"

"我很好养的，对吃的不讲究，一碗面就可以了。"

"我请你吃鱼吧。"

我们找了家鱼庄吃鱼，还点了些别的菜。

吃完鱼，我又带她去了我的出租屋，给她倒水。

她很乖地接过我的水，并且把它们全部喝掉。

我坐在书桌前，准备给她看我写给她的一首诗。她坐到我的腿上，我搂着她，她叫我："小木，今晚我陪你跨年吧。"

说完，她开始吻我，死命地咬我的耳朵。

我们出去找了家奶茶店喝奶茶，她说她要吃蛋糕，我就给她买了很多的蛋糕。

她吃了很多，中途还加了一杯酸奶。

我喝完了她剩下的红豆奶茶，她一直喜欢喝红豆奶茶。

我们开始聊一些和诗歌有关的事，聊到了海子和北岛。她说他们都是很纯粹的人，活在自己的世界里，在现实当中横冲直撞，最后头破血流。

她滔滔不绝地讲了很多，我没有回答她，只是静静地坐着看她。她笑起来，问我："你觉得我讲得有什么地方不对吗？"

我回答："没有，只是觉得你的头发很好看。"

"你的思维怎么老是和我不在一条线上？"她戳我的额头。

我嘿嘿干笑，说："因为我是曹小木。"

过了一会儿，我说我想听周云蓬唱的海子的《九月》，她就掏出手机给我放那首歌。

我们在大街上晃荡，路灯下我们的影子显得孤单又惆怅。街上都是狂欢的人群，整座城市都在狂欢。

无数的烟花飞散在空中，绽放出绚丽的花朵，像春天般温暖。

路过一家灯火通明的婚纱店，赵青青忽然要拉着我去拍婚纱照。我死活不去，她显得很失落。她又建议我们去放烟花，我也说不想去。

在那漫天绽放的烟火下，在那个万人欢呼喜庆的夜晚，我很惆怅。我想起了张晓，高中毕业吃散伙饭那个夜晚，张晓从家里赶到我学校和我庆祝。成绩还没有出来，我知道她填了一所省内的学校，而我则选择了北上。

不论考上与否，我们都不会在一起了。

那个夜晚，家乡那座江边小城，我和张晓一起放着绚丽的烟火，静静的长江水映照着绽放在夜空的花朵，还有江边少年忧伤的脸庞。

L 城的夜空比家乡那座小城更加高远，绽放的烟火也更加美丽，但我已经没有欣赏的情致。

"小木，你在想什么？"

赵青青脸色沉重地问我。

“你和亚哥还联系着吗?”

我忽然这样问她。

“我们已经分了，小木，你心里是不是装着一个放不下的姑娘?”她的敏锐让我感到害怕。

“没有，只是今晚的夜景太美，陡生伤感罢了。”

我们坐在市中心广场花坛边的长椅上，她靠着我的肩膀，我沉默着，一句话也没说。旁边有许多的情侣打情骂俏，高兴地庆祝跨年。

电话响了，是张晓打来的。

我拍拍趴在我肩上的赵青青，示意她我要去接个电话。

张晓在电话里向我祝贺新年快乐，问我怎么好久不联系她了。

我回头看了一眼踮着脚尖发呆的赵青青，回答她：“我正在和一个姑娘谈恋爱。”

那边沉默了几秒，张晓叹着气对我说：“那好啊，恭喜小木找上了媳妇，好好爱那个姑娘吧，不要辜负了人家。”

挂掉电话，我回到赵青青身边：“今晚，我去你那儿吧。”

那晚，一进赵青青的房子，我就拉住了她准备开灯的手，把她挤在墙壁上，我的手插进了她扣得很紧的牛仔裤，她没有反抗。

早上，她起床穿衣服，说我折腾了她一晚上，她饿了，让我请她吃火锅。

天还是很冷，她却穿得比我单薄。我们去她小区外面的街上吃火锅，推门进去的时候，我的眼镜被店里的雾气给糊住了。

我什么也看不见，她掏出眼镜布将我的眼镜擦干净后递给我。

我们吃自助火锅，她不喜欢吃豆腐，喜欢吃鱼，生菜，还有鸭血。夹菜的时候，头发会滑到碗里。我拿出纸巾给她擦，她掏出一个夹子将头发别到耳后去。

后来，赵青青对我说，曹小木，你一直是个浑蛋，从来不知道怎么关心女生，从来不知道怎么心疼女孩子。但我们第一次吃火锅那次除外，她说，那次，你就像个很温柔的绅士，话很少，眼波流转间都是温柔的目光。会给女生擦头发，会在我夹菜的时候嘱咐我小心点，不要烫着。

赵青青同我说这些的时候，我正坐在她铺着粉色床单的床上，跷着二郎腿，色眯眯地盯着她的胸。当然，赵青青的胸很小，她说上帝是公平的，让她拥有了高挑的身材就不会给她丰满的胸了。

我说那些胸又大，身材又高挑的女生是怎么回事呢？

她听到我这样说就过来和我掐架。

那时候，我不是一个温文尔雅的绅士，那时候，我是流氓土匪加痞子。

她说："曹小木，你怎么变得这么庸俗了呢？"

我说："我一直是个痞子啊，我没有跟你说过我不是一个浑蛋，其实，我一直是个痞子，只是你没发现而已。"

其实，我还可以给她解释，有时候做一个大俗的人比正经的伪君子好。

比如，我以前就是一个很正经的人。这个以前是指我小学的时候。我那时候，是一个温和的孩子，喜欢看书，不喜欢掏鸟蛋，不喜欢结群打架，并且会在别人打群架的时候对他们说，打群架是不对的。

当然别人总会"呸"一声，骂我是神经病。

后来，他们要我也去打群架，我说不去，他们说你不去打他们，我们就打你。

我说："那些人又没惹我，我不打他们。"

我经常挨打，但从不还手。我如果要还手，我可以将他们其中的一个或者几个给打残。那时候，当大家都还是小萝卜头的时候，我的个子就噌噌地往上蹿，已经长成一个大个子了。

而且，那时候我喜欢武术。我有一个武友，他是比我高两级的一个女生，长得矮，但是很漂亮。她的武功很厉害，她自创了一套拳法，叫八步铜拳。

因为漂亮，很多男生总会在下课的时候去占她的便宜，摸一下她的大腿，拽一下她的头发。她拿着老师遗落在讲台上的鞭子去追赶那些男生。

男生们在学校的走廊里咋呼呼地乱跑，她在后面追，她跑得很快，追上就抽一鞭子，并拽住他们的衣服，一拳打在胸口，被打的人吃了那一记传说中的八步铜拳就一屁股蹲在地上，捂着胸口半天爬不起来。

她是不会打我的，因为我不会去摸她的大腿或者拽她的头发。

她认为我是一个正人君子，她说她要和我这样的正人君子做朋友，并教我她的绝学八步铜拳。

我开始和她学拳法，每天回家后在院子里练一个小时拳。

她说我的拳没有劲道，打在人身上就像挠痒痒。

后来我听了她的话，找了袋子装了沙子当沙袋练。

几个月后，我和她切磋的时候，她已经接不住我的拳了。

她说我现在能一拳打死鸡了。

我握握自己的拳头，也感到无限的力量。

后来和亚哥打架的时候，我能感觉到我的拳头依旧硬朗。

那次打架发生在我和赵青青吃自助火锅一个星期后，纸包不住火，我和赵青青拉着手逛街的时候被亚哥撞了个正着。

他不可置信地看着我，然后扔下琴包腾腾地向我走来。

赵青青推我："你快跑!"

亚哥一把推倒赵青青，她摔倒在地上，膝盖破了皮。

亚哥指着我，他的脸上青筋暴突，肌肉狰狞。

"曹小木，我把你当兄弟，你就是这样对兄弟的?!"

他几乎是吼出来的。

周围的行人纷纷停住脚步看这一场即将发生的战斗!

"她爱的是我。"

我在亚哥哆嗦着的手指下说了这么一句话。

"啪"，我的脸挨了亚哥一记重拳，令我几乎仰面倒地。

没有多疼，就是头被打晕了。

周围的人群爆发出一片叫好声，我转着晕乎乎的头去看那些叫好的人。

他们都叫嚷着再打一拳，但亚哥没有再打我一拳。

他丢下我，转身拎起还躺在地上的赵青青，“啪”地扇了赵青青一耳光。

“婊子!”他大叫。

我不顾一切地冲过去和亚哥扭打在一起，我们在L城刚下完雪的街上翻滚，扭打。我狠狠地用拳头砸他，甚至用牙去咬他的耳朵，我已经不要命了!

亚哥挣脱我爬起来，想捡起地上的琴包逃离。我爬起来四处找砖头，我大叫着要干死他!

对于我的逆袭，围观的人群纷纷叫好。

亚哥跌跌撞撞地拾起地上的琴包，在观众对我的一片叫好声中跑掉了。

我终于找到一块砖头，气喘如牛地追了出去，就像我叫嚣的那样，我要干死他!

赵青青从后面抱住了我的腰。

“小木，我们回去吧，我们回去吧。”

在赵青青的房间里，她给我用酒精擦拭伤口。我像个死猪一样，蹭脏了她的沙发。

“小木，你今天那么拼命是不是为了我?”

我没有回答，我正流着泪。

赵青青以为是她擦酒精弄疼了我的伤口，我假意承认，其实，我的伤心源自亚哥。

就像他说的我们是兄弟，现在却拳脚相加。他今天是故意输给了我，我知道，要是真打起来，十个曹小木都不是一个亚哥的对手。

亚哥经常打架。亚哥打架不外乎为了两样东西：女人和诗歌。女人是亚哥的生理支撑，诗歌是亚哥的精神支撑，离开了这两样的任何一样，亚哥都不能活下去。

所以，当有人侵犯了他这两样东西的时候，他就要动拳头了。

他崇尚时尚，崇尚暴力，喜欢漂亮的女人，喜欢和不同的女人上床。

他为了唱歌的场子和别的乐队干架，为了女人和许多人干架。他像一头疯狂的野兽，在这座城市疯狂地横冲乱撞，他打架都是豁出命去打，从未输过。

一个星期后，亚哥给我打电话，我犹豫再三还是接了。电话里，他的声音平和沉静，没有一丝的恼怒。

我答应他在蓝姬8号酒吧见面。

再次见到亚哥，他像没有发生过任何事一样跟我打招呼："来了？"

"嗯。"我点头应允。

老薛那天不在，服务员认识我，给我上了一杯清茶，亚哥点了啤酒。

"说吧，什么事？"

我喝了一口茶后对亚哥说，我开始惊异于自己的平静。

"赵青青是个很迷人的姑娘，但她绝对不是一个安分的姑娘，她是一个比你我还心猿意马的女人！"

亚哥猛灌了一口啤酒，将杯子狠狠地砸在桌上。

周围的人望向我们。

我压低声音对他说："赵青青是个什么姑娘我不关心，但我现在爱着她，我不允许别人说她的不好。"

亚哥哈哈大笑，猛灌了几口啤酒。

"小木，既然你喜欢她，我就让给你。我和老罗要搬去另外的地方住，这样是让你不那么尴尬！我们还是好兄弟，还是诗歌上志同道合的朋友！"

亚哥站起身，去吧台结了账。我则像个木头人一样坐在桌前，我已经被亚哥的一番话给说怔住了。

亚哥走到酒吧门口的时候，我想起我应该去和他说声谢谢。

我神情恍惚地追出去，他已经走远，他跳上一辆贴满无痛人流广告的公交车，我冲他大喊："亚哥！谢谢你！"

我不知道他是否听见了，他头也没回就钻进了车厢，混入了拥挤的人流。

回到赵青青的房子，她正在看电视剧，我进门的时候，她转过头来。我看见她的眼角发红，好似我来之前她哭过了。

我大概能猜到是亚哥给她打过电话。

我在沙发上坐下的时候，赵青青起身问我："小木，你要吃些什么，我给你做。"

她的声音显得细弱无力，我说："随便。"

"小木，今晚我给你做西红柿炒蛋，还有麻婆豆腐。"

我哼唧了一声，算是答应。

她知道我在生她的气，但她好像不在意，自顾自地进屋做饭去了。

吃饭的时候，我还在生气。赵青青问我："小木，你今天怎么了，满脸的不高兴？"

"我想搬过来和你一起住，可以吗？"

"不行！"

她想都没想就一口回绝了我。

"好了，吃饭，吃饭。"

赵青青往我碗里夹菜。

"小木，你能带我去参加你们的诗歌聚会活动吗？"

"你想参加？"我问她。

"是啊，我想好好认识你。"

"好，下次有活动带上你。"

她跑到我身后用手环住我的脖子，用湿润温暖的嘴唇咬我的耳朵。

第十四章　我们就像玻璃屋子里的鸟

我们告别了两年
告别的结果
总是再见
今夜，你真是要走了
真的走了，不是再见

还需要什么？
手凉凉的，没有手绢
是信吗？信？
在那个纸叠的世界里
有一座我们的花园

我们曾在花园里游玩
在干净的台阶上画着图案
我们和图案一起跳舞
跳着，忘记了天是黑的
巨大的火星还在缓缓旋转

现在，还是让火焰读完吧
它明亮地微笑着
多么温暖

我多想你再看我一下
然而，没有，烟在飘散

你走吧，爱还没有烧完
路还可以看见
走吧，越走越远
当一切在虫鸣中消失
你就会看见黎明的栅栏

请打开那栅栏的门扇
静静地站着，站着
像花朵那样安眠
你将在静默中得到太阳
得到太阳，这就是我的祝愿

——顾城《不是再见》

亚哥走后，诗社的骨干就剩我、火柴和阿亮了。

火柴来见我的时候，带了一大摞杂志和报纸。

“我最近发表了很多的诗歌，有上百首吧。”

“请你吃饭。”他挥挥手中的钱包。

我们坐在一家苍蝇横飞的牛肉面馆，地上全是吃面的人扔掉的纸巾。

“小木，你很久没发表东西了，最近你在忙啥，都不写东西了。我和好几个杂志的诗歌主编现在关系很好了，你把你的诗歌挑几首，我给你发。”

“算了吧，我最近没兴趣。”

我们吃碗面又去校外的小酒馆喝酒喝到半夜。

我头晕脑涨，一觉睡到第二天早上，八点多火柴打电话来叫我去参加活动。

我说："怎么又有活动？不想去。"

火柴说这是个大活动，要我给他面子。

我起床，昏昏沉沉地刷牙、洗脸。收拾好东西准备出门的时候，接到赵青青的电话。她约我吃饭，我说我有一个文学活动要参加，她说她也要参加，她现在赶过去，她说没吃早餐，让我给她买个面包带过去，她喜欢吃牛角面包。

我带着牛角面包见到赵青青的时候，她正和火柴高兴地聊天。她甚至挽着火柴的胳膊，穿行在人群中，很多人都认为他们是情侣。

我无比气愤，没有和他们打招呼，径直走到阿亮面前。

阿亮开玩笑说："小木，你还带着吃的来参加活动啊。"

虽然说是活动，实际上是凑了二十几个学生的一个小型诗歌朗诵会。我把面包送给火柴和阿亮，阿亮说小木社长最近变成好人了。

我给了他一拳。

"不带东西给你们的时候我就不是好人了？"

"不是，不是，一直都是好人。"他讪笑着。

"小木，你来了都不给我打招呼。"

赵青青不知道什么时候跑到我身边，她很高兴。

她从火柴和阿亮手底下将面包抢过来，黑着脸看我。

"小木，你过来我有话对你说。"

我跟着她走到一无人的角落，火柴知趣地没有跟过来。

"小木，今天的事对不起。让你难堪了，我和火柴真的什么都没有。"

"我只是觉得我沉寂得太久了，只想出来好好玩一场。"

我点了一支烟，她被我的烟味呛到。我没有理会她的咳嗽继续抽我的烟。

"你和谁好我没意见，我只希望你做一个安静的女子。你口口声声说你喜欢我，你不久前还和我一起睡觉，给我做饭，现在却在这样的场合和其他男生勾勾搭搭。你觉得我看到这些会好受吗？"

我停止了说话，猛抽几口烟，平复了下激动的心情。

“好了，我们进去吧。”

没理会她，说完我就先进去了。

那天的活动，自始至终赵青青都显得愁眉不展。

活动结束的时候，她也没同我说一句话，火柴说要送她回去，她没反对。

阿亮他们提议请我去喝茶，我说喝茶就算了，我今天很累，要回去补觉。

我没有回去睡觉，而是做了更不要脸的事。我跑到赵青青的楼下给她打电话。我说我在你楼下，你下来见我吗？

她说她要去买菜。

我说你下来我帮你买。

几分钟后她拎着个菜篮子下来了。

“超市九点半关门，我现在可以陪你聊会儿天。”

她自顾自地坐在了花坛边上，我紧挨着她坐下。

“青青，对不起，今天对你说的话太重了。但我看到你和其他男生玩暧昧我真的接受不了你那样！”

“怎样？水性杨花吗？”

“我没那么说。”

她不说话，盯着自己的脚尖发呆。

我伸手搂住她的肩膀。

“不要。”

她想要躲开，我却紧紧地搂住她。

她不再躲闪，靠着我的肩膀。

“小木，自从我接到亚哥临走时给我打的那个电话，我就知道我们回不去了。我们已经回不到我们最初认识时那样了，如果那样，我就不能用平常心去对你，你也不能以平常心待我！我们就像玻璃屋子里的鸟，看着对面屋子里的食物，看着屋外的蓝天，明知无法拥有，却始终无法释怀！于是我们不停地反抗，但更多的是自我折磨，因为我们一直期待着另一个屋子的鸟给自己多一点期待的信心。再多都是折磨，你我是如此相像，都期望对方爱自己多一些，如果得不到就折磨对方。”

说完，她站起来要走掉。

我一把扯住她，拉入怀中，紧紧抱住。

她将头埋入我胸前，我们拥抱了很长一段时间。偶有放学路过的中学生经过，冲我们吹口哨。

后来夜风大了，她说她冷。我将我的外套脱下来给她披上，她坚持不要。我就硬给她披上，然后说我们回去吧，风太大了。

我们走回去，到她楼下的时候，她将外套还给我。

“我回去了，你早点回去吧。”

她快要进楼的时候，我叫她：“青青，能再陪我一会儿吗？”

“我上去穿件衣服再下来。等会儿还要去买菜呢。”

她说完就头也不回地上楼去了。

我在她楼下蹲着，不断有附近学校的美女经过我的身边，她们都穿着性感的短裙和紧身的牛仔裤。

十分钟后，赵青青下来了，穿了粉色的外套。

“青青，以前我怎么没觉得你穿这件衣服是如此的好看呢？”

“以前你不是老说我这件衣服丑吗？”

我说：“哪有，你一直很漂亮的啊。”

“小木，忘了我吧。”

“我忘不掉。”

我走上前去试图再次抱她，她一把将我推开。

“好吧。”

我一拳砸在花坛上：“疼了就不会想你了。”

她也使劲儿往花坛上砸了几拳。

“比伤害自己，你比不过我的，小木。”她笑得狡黠。

我坐在回学校的夜班车上，我给赵青青发短信：“你是不是因为报复亚哥故意和我好的？”

“没有。”她只回了短短两个字，我打电话过去，她关机了。

我们一度失去了联系。

再次见到赵青青是在二月刚开始的时候，北方的大地还刮着刺骨的寒风。我们在我的大学校门口相见。她还是穿着以前的那件米白色的风衣，但显得憔悴了。

我刚从出租车上下来，神色疲倦，L 城那天的风无比大。我有些想吐的感觉。赵青青走到我面前，我快三个月没见她。放假了，她让我送她去火车站，我走到她楼下给她打电话，她说她装了一大箱子的东西，提不动了，让我上楼去帮她把箱子提下来。

我帮她把箱子提下来后，她的一个在隔壁大学上学的高中同学过来找她。

她说，他们约好了一起回家。

我什么也没说，帮她把那个巨大的行李箱放到出租车后备箱，我知道她会晕车，让她坐副驾驶。她坚持要和她同学坐后面。路上一直堵车，车走走停停，赵青青开始晕车，她趴在同学的身上紧闭着眼睛。我回过头去和她说话，试着安慰她：“青青，好点了吗？要不要下车来休息一会儿。”

她已经说不出话来，但是依旧强打起精神对我说：“我没事，我们继续走。”

到火车站的时候，她已经晕得很厉害了。我帮她拎着行李箱。她坚持要自己去买票，我违拗不过她。在大厅里帮她看行李，她混入人潮汹涌的买票队伍，人流很快将她淹没。

等了很久，她过来找我，有些疲惫地举着手里的票对我说：“我买上票了，我们走吧。”

我说想请她吃个饭，她说她吃不下，胃难受。

“那我送你上车吧。”

我看着她和她高中同学拉着行李箱走向检票处，她要走进候车大厅的时候回头看了我一眼，欲言又止，最后用那依旧疲惫的声音对我说：“小木，回去吧。”

我看着她的脸，有些心疼。我想对她说些留下来的话，但终究还是什么也没说，她转身走进了候车室。

我转身走掉，坐上最后一班夜班车。

车上，我竟然接到了许久没联系的颜颜的电话。

她问我在哪儿，最近在忙些什么。

“我去火车站送了一个朋友，现正坐车回去。”

她说：“很久没见你了，想请你吃饭。”

我说：“我最近减肥，晚上都不吃饭的。”

“我们很长时间没见了，见见你可以吗？”

我看着窗外一闪而过的城市夜景，霓虹闪烁。一声尖锐的汽笛声撕裂了夜的寂静，我知道，一列火车正带着赵青青离开这座城市。

我回颜颜：“你在哪儿？我来找你。”

我和颜颜约在新世纪百货大厦的门前见面。

我看了下时间，离我到达新世纪百货还有一个小时，我想给赵青青打个电话。

纠结了几分钟后，我拨通了赵青青的电话。

赵青青的声音依旧疲惫，好像很累的样子。我让她好好睡觉，睡醒了就到了。

她在电话里嘤嘤回答，声音甚是疲惫。

我有些悻悻地挂掉了电话。

路上开始堵车，车开始如同蜗牛般缓缓移动。

我望向窗外，看见一个穿白色连衣裙的女子站在街边不停地挥手想招停一辆出租车，但每一辆经过的出租车都显示客满。我看着七八辆出租车从她面前经过，没有一辆愿意停下来载她。一辆黑色的帕萨特私家车停在她面前，摇下车窗示意那姑娘上车，姑娘带着厌恶的神色将头偏向一边，帕萨特的主人讪讪地将车开走了。

车流快了起来，那个白衣女子的影像从我的视线里一闪而过。

在新世纪百货，我下车后看到人群里并没有颜颜的身影。给她打电话过去，她说她被堵在半路，要一段时间才能过来。我已经快半年没见过颜颜，自从我爱上了赵青青，便断了和她的所有联系。

我躲在一棵无花果树的后面等待她的出现。

许多年轻时尚的俊男靓女在广场上穿梭，我知道，颜颜会夹杂在他们中间，出现在我的面前。

我老远就看见了她。她穿着褐色的薄款大衣，四处张望着找我，等到她快走到我面前时，我才从树后面走出来。

我们见面的时候，互相都有些羞赧。

“好久不见。”

和颜颜许久不见，没想到见面后的第一句话却是一句被无数人说烂了的“好久不见”。

我不知道她的近况，她想必也不了解现在的小木了。

我说要请她吃火锅，她说随便吃点，不用破费。

我说我既然都已经说了，那就要请。

于是，我们一起去找火锅店吃火锅。

许多店都显示客满，最后我们找了家客人稀少的店，点了菜，一人守着个小酒精炉涮菜吃。

我们点了很多的鸡肉，发现吃不完，于是我们互相鼓励着对方多吃一点。

在吃火锅的间歇，她给我讲了些她最近学生会工作上的烦心事，我看得出，她最近心情不好。

吃完火锅，我说要送她回宿舍。

她迟疑了一下就点了点头，我陪着她走了大概有十几分钟。碰上了大风，我让她走到我前面去。我说，我体形大，可以给你挡风。

她很乖地走到我前面去，我说：“颜颜，看你瘦了，来我抱抱看还能抱动你不?”

她靠在我怀里，我就抱起她抡圈子。她说我把她头都给转晕了，让我把她放下来。我把她放下来的时候，说：“颜颜，我背你一段路吧。”

颜颜很乐意让我背，我这样说后，她就找了个大水泥桩子站上去，让我背她。

我背着颜颜走了大概六七分钟，颜颜说：“小木，你把我放下来吧。”

我把颜颜放在路边，她用手拢了拢被夜风吹散的发。

我将颜颜送到了宿舍，很绅士地对她说：“上去吧。”

她头也不回地上了楼。

第十五章　我真不是故意要欺骗你

今晚所有的光只为你照亮
今晚你是一小块殖民地
久久停留，忧郁从你身体内
渗出，带着细腻的水滴

月亮像一团光洁芬芳的肉体
酣睡，发出诱人的气息
两个白昼夹着一个夜晚
在它们之间，你黑色眼圈
保持着欣喜

怎样的喧嚣堆积成我的身体
无法安慰，感到有某种物体将形成
梦中的墙壁发黑
使你看见三角形泛滥的影子
全身每个毛孔都张开
不可捉摸的意义
星星在夜空毫无人性地闪耀
而你的眼睛装满
来自远古的悲哀和快意

带着心满意足的创痛

你优美的注视中，有着恶魔的力量

使这一刻，成为无法抹掉的记忆

——翟永明《渴望》

放寒假的时候，我留在了出租屋，没有立刻回家。究其原因，是我对我的那个家已经没有多少感情了。

我的家乡，或者我应该将范围再缩小一点，是一个小镇子。读了大学的人都出去闯荡了，即使在外面搬砖，也不肯回来。即便故乡的水是甜的，菜是自家地里种的，不要钱。有青山，有绿水，无聊了可以骑摩托车去林场逛逛。在这样的地方住习惯了，也会觉得没什么孤独感，但那些见过了灯红酒绿的大学生或者打工族他们还是不愿意回来。大城市里，即便他们没有钱，即便他们只能吃苦的水，吃死贵的而且难吃的菜，他们还是向往大都市的生活。在都市里，他们可以在宽广的柏油路上看穿着热裤的曼妙女子露着洁白修长的腿悠闲地走过，他们可以看见大学校园里清纯可爱的女生天真烂漫地谈笑。那些都是那个小镇子所没有的，那个小镇子，见的最多的不过是在街上摆地摊的中年妇女，她们不曼妙，也不清纯。即便有年轻的女子，也是高中、初中或者小学就辍学的女子，她们过早地进入了社会，她们即便带来了都市的亮丽服饰，也和那个小镇格格不入。

那个小镇容不下繁华，那些鲜衣怒马的人，最后成了小镇的笑柄。

我不是鲜衣怒马的人，没成为小镇的笑柄。我和它保持着距离，我害怕它，就像它害怕我一样。

我不知道我是否爱过那个小镇，即便是在我尚还年轻的岁月里。在那些每天背着肮脏的书包，每天吸着鼻涕去上学的岁月，我不知道我是否爱过它。

但那时候，小镇是我的全部，我从未离开过它。我也没想过，十年以后，我能去一个和它相隔了数千公里的城市，那个城市和小镇有着太多太多的不同，我在那里爱上很多人，也被很多人爱过。

如果我愿意，我可以在我的作品里将那个小镇叫作故乡。然后，我可以写许多关于思乡的作品，诗歌也好，散文、小说也罢，我可以在作品中说我喜欢那座小镇，我可以将它漫天凝重的雾气写成仙境的缥缈，我可以将它的闭塞写成世外桃源，写那里的人都保持着传统的良好风尚，他们乐善好施，他们不谈金钱，他们甘于清贫，他们在祖祖辈辈的土地上种菜，经商，本着一颗善良的心行走于世间。

是的，我是可以这么写，因为，我把那个小镇当成了我的故乡。既然它是我的故乡，我便有义务把它写成曼妙的世外桃源。

但是，如果我这么写了，便是犯了粉饰与欺骗之罪。

我不想成为一个罪人，但我也不想将那座小镇的种种不堪写出来。所以，我选择远离它，选择忘却它。

假期我独自一人留在L城，赵青青回家后的第三天说她要来看我，她说她的房子到期了，她让我租个房子，她来给我做饭。

我说我看的房子你一定不喜欢，你来我们一起去租，我们可以先偷偷地在亚哥的小旅馆借住两天。

"我不喜欢那种人来人往的小旅馆。"她在电话里嘟哝道。

我说我先在小旅馆住着等她，她如果来L城的话，提前两天给我打电话，我提前把房子租好。

在小旅馆里，我白天几乎无所事事。除了睡觉，唯一能做的事情就是写诗。老罗年前去了北京搞艺术，可能不准备回来了。腾出来的屋子被我暂时租下。阿亮、火柴他们一放假就跑得没影了，阿亮回家最晚，他走的时候，我们在火车站外面的川菜馆点了一荤三素，外加一箱啤酒。

阿亮进站前嘱咐我好好写诗，早点回家过年，我祝愿他早日结束单身生活。

故乡的黑夜总是在迷人的星空。

火柴给我讲他的故乡的时候，总是反复念叨着这句话。

之前，火柴一直问我为什么不回家过年，为什么不回家过年。

我答不上来，我坐在自己那张颓废不堪的床上，一根接一根地抽烟。黄昏的暮光从窗户里抖抖擞擞地飘进来，印红了两张少年忧伤的侧脸。地上的烟头越来越多，火柴在我制造的二手烟的雾气中开始咳嗽起来。

“小木，还是回家过年吧。你干吗这样折磨自己？”

我依旧不言语。

“原来，我的不回家成了火柴眼中的折磨自己。”我心中暗想。

“回家去吧。”

火柴又求我。

我忽然感到不安，我觉得我的冷漠已经深深地伤害了火柴。我害怕，困兽般的我会把身边一切关心我的人统统伤害一遍，我将成为彻底的孤家寡人。

在我的心里，这些年，越走越远，离故乡越远，也就忘了故乡的存在。而火柴却对故乡充满了依恋与回忆。

他为故乡写了很多的诗歌，我在那些诗歌里常常能瞥见他盛大的乡愁，那是一个南方的小城，开满梧桐花与太阳花的土地，火柴背着破烂的书包，行走在乡间的小道。火柴说，故乡的空气很明媚，他说这些话的时候，我们待在夜店里，周遭是无比喧嚣的吵闹声，他无视了都市的喧嚣，把那句话说得无比柔情。

火柴最近变得很沉默，诗歌充满了乡愁与颓废。阿亮说火柴一定是失恋了。

我说他连女朋友都没有，现在还是单身狗一条，哪有恋可失？

阿亮猛吸了一口烟，吐了个无比漂亮的烟圈：“火柴一定是失恋了。”

我问火柴：“你小子一脸衰样，不会是失恋了吧？”

我以为他会哈哈大笑，然后大骂混笑过去，那天他仰头干了满满一杯苦涩的劣质干红，泪水涟涟地对我说：“是的，我失恋了。”

阿亮走了以后，我除了写诗就是做饭。隔壁的小情侣吵架了，男生摔锅摔盆发泄一通后走掉。女生独自收拾凌乱不堪的房间，她出门倒垃圾的时候，看到我正在水龙头前洗菜，她说她明天也要回家去了，有些做饭的调料要送我。

我就跟着她进了她的房间，她用塑料袋给我装了很多的调料，味精，食盐，各种酱，花椒粉，还有半桶花生油。

接过花生油的时候，我问她："你下学期不做饭了?"

"不做了，这房子也要退掉了，不准备出来住了。"

她说得很小声，我不忍再问她更多的事情，我知道我要是再问下去，她可能就要哭了。

她第二天就走了，房东的妻子上来给门上锁，不住地叹息。

她顺便问我要住到啥时候，他们再过十天左右就要回老家过年了。

我说我再住一个星期吧。

有了很多的调料，我开始很认真地学做饭打发时间。我每天睡醒就去菜市场买菜，并和那个卖菜老乡聊会儿天。他问我啥时候回家，我说过几天就回。每次去他都这么问，每次我都这么回答，后来他就不问了。我想他甚至开始怀疑我是不是他老乡，说不定我就是这个城市的土著，只不过说话口音和他差不多而已。

我买了菜，回来煮面，我一天只吃一顿饭，稀饭或者面条。我选择在中午吃，那是一个前不着村，后不着店的时间，我选择那时候吃可以兼管早饭和晚餐。我觉得这样不仅能减肥而且能省下很多的钱，因而，我觉得这样很好。

赵青青说她先回家几天，然后回来看我。

我就在房子等她，我以为她会很快回来看我。

但我等了很久她还是没有回来，而且，她开始不接我的电话，不回我短信。

她不理我，我也就不理她了。一个星期后，我收拾东西准备回家过年。我出去买票的时候，赵青青却给我打电话了。

赵青青在电话里说："小木，我怀孕了。"

我当她是开玩笑："青青，今天不是愚人节。"

"我没有开玩笑。"

我说："青青，不要开这样的玩笑。"

"小木，真的，我没和你开玩笑，我自己的身体我了解。"

“那你赶快来L城吧，我陪你去医院检查。”

“小木，我现在感到很累，累得我都不想坐车了。”

“那我来看你吧，青青，我明天就买票来看你。”

“算了，小木。我休息几天就过来看你，到时候你陪我去医院。”

我说到时候，我给你做好吃的，最近我做饭的水平有了很大的提高。

“小木，就你笨手笨脚的样子，能给我做饭吗?”她嘟哝着。

我说：“不是还有你在吗? 到时候你可以在我身边给我指导，让我做啥我就做啥。”

我知道如果赵青青真怀上了的话，做手术要花很多钱。于是，我去找了一份家教的工作，每天去一个辅导班给小学生辅导作业。那时候，L城常有漫天的大雪纷飞，我出门的时候总会穿很多的衣服，让自己变得像一只棕熊。

上完课，我要走十几分钟路才能坐上公交车。我上了两天后便感觉到身心俱疲。

“我不想再去上班了。”

我给赵青青发短信。

“那就不要去了。”

“不行，我怕到时候钱不够。”

半个月后，我拿到了近一千块钱，拿到钱后我给赵青青打电话。

“青青，把你卡号给我。”

我把上课的工资和自己存下的钱都给了赵青青。

她说那些钱算她欠我的，她会还。

她问我：“小木，孩子是你的，你要留下吗?”

“不留了。”

她就不说话了，过了半晌她问我：“小木，你是不是觉得孩子不是你的?”

我说：“青青，不要再想这些事了。什么时候去医院? 我来陪你。”

她说她有个学医的闺密陪她，她去家那边的医院，不来L城了，我叹了口气："既然你决定了，那我就回家去了。"

我坐车回家，车走到一半的时候，接到赵青青的短信，她说她到L城了。我当时在车上就火了："我最恨别人欺骗我，为什么我刚离开L城你就来了，你就那么恨我吗？就那么不想见到我吗？"

"小木，这件事我想自己一个人处理，不想给你添任何麻烦。对不起。"

我没有再回她短信，也没有想着要下车再坐车回去找她。我望向窗外，天色阴沉，苍凉的白雪掩盖住了道路旁的荒山。我看见自己的脸倒映在车窗的玻璃上，一闪而过，满是悲伤。

闭着眼开始听周云蓬的歌，在歌声中我沉沉睡去了。

醒来的时候，我感到头疼欲裂。车行驶在陌生的荒山之间，夜幕低垂，我忽然无比心疼赵青青。我给她回了一条短信："青青，刚才我说话可能太重了，你别往心里去。"

赵青青回我："小木，我真不是故意要欺骗你。"

我说那先这样吧，我到家了给你回电话。

第十六章　那时候，我在韭菜街小学上学

我们来到这座雪后的村庄
麦子抽穗的村庄
冰冻的雪水滤下小麦一样的身子
在拂晓里　她说
不久，我还真是一个农民的女儿呢

那些麦穗的好日子
这时候正轻轻地碰撞我们——
麦地有神，麦地有神
就像我们盛开花朵

麦地在山丘下一望无际
我们在山丘上穿起裸麦的衣裳
迎着地球走下斜坡
我们如此贴近麦地

那一天蛇在天堂里颤抖
在震怒中冰凉无言　享有智谋
是麦地让泪水汇入泥土
尝到生活的滋味

大海边人民的衣服

也是风吹天堂的
麦地的衣服
麦地的滚动
是我们相识的波动
怀孕的颤抖
也就是火苗穿过麦地的颤抖

——骆一禾《麦地——致乡土中国》

回到故乡的时候，天空中布满了浓烈的大雾。车行在那些大雾之中，没有置身仙境的感觉，更多的是一种寒冷刺骨与满心的压抑。

我从来没有喜欢过我的故乡，哪怕它有很干净的空气和很青翠的山林。

我已经两年没有回家，我的老父亲曾强烈地要求我回去一趟。

我说我不想回去。

老父亲说老爷子病了，病得很严重。

我想还是回去看看吧。

从L城回家，大部分的时间花在了坐车上。

我的回乡就如同鲁迅的回乡一般，见到的故乡更多的是传统的美好在文明的挤压下逐渐衰败下去的痕迹。即使那条常年弥漫着韭菜味道的街道两边已经有了越来越多的外表装饰豪华的建筑，但它们依旧是衰败的，那条泥泞的路已经泥泞了十几年，村里年轻人越发少了下去。还有那些渐渐消失了的古朴宅子，老人们更加的佝偻。中年和那些不能在城里生存下去，只得回到乡村的青年，他们只能通过造一幢幢现代化的大屋来证明他们的存在。

我原本也应该是这样的命运，甚至我的老父亲已经给我早早地造好了一幢大屋，等着我回来继承。

每次看到那些耗费很多钞票造起来的大屋，我都会感到无比失落。对于这个村庄，对于这幢华丽的大屋，我都是一个背叛者。他们不理解我，也不理解他们。他们喜欢做的事，就是造大屋，华而不实的大屋。

我不会去住，我背叛了那屋子，也背叛了我的故乡。

我没有直接回家，而是转车去了C城。车到C城的时候，下起了大雪。我站在C城，在大雪中渐渐荒芜下去的街道上给张晓打电话。电话久久无人接听，我甚至怀疑她已经换了电话号码。

我挂断电话，站在C城荒芜的大街上，我周围没有人也没有车，盛大的惶恐与孤独将我湮灭。

在我准备回到车站的时候，张晓的电话打过来了。很久没有听到她的声音，再次听到，我竟然失语。

张晓在电话里一直叫："小木，是你吗？怎么不说话？"

"晓晓，我来C城了，你还在C城吗？"

"我明天就要离校回家了，你在哪儿，外面下着大雪，我来接你。"

张晓和我坐在去她大学的公交车上，天空中飘着鹅毛般轻盈的雪花，路灯昏暗，路面湿滑，车里就我和张晓两人，我们正襟危坐，一路无语。

在她的大学门口，她给我撑伞。夜晚的风很大，雪花被风不断地撕裂，它们在空中乱舞，不断地拍打着张晓的脸和睫毛。

我走到她身边，对她说："晓晓，我来给你撑伞吧。"

张晓说她已经给我在学校附近找了一家宾馆。

进宾馆的时候，我们抢着刷卡开门，慌乱之间，她的手不经意地划过我已经长了胡碴的下巴，她的头发掉落下来盖住了我的脸，头发上依旧是青草洗发水的味道。

"晓晓，你的头发的味道真好闻。"

"我天天洗头，哪像你，就是个脏宝宝，整天不知道收拾自己。"

我忐忑不安地坐在床边，看着张晓忙碌着帮我找干毛巾，从包里给我拿吃的水果，给我冲咖啡。窗外不断有一闪而过的车灯光照进来，她的侧脸忽明忽暗，一脸严肃认真。

她说她一个人无聊的时候就会去逛超市，然后买很多吃的东西回来。

她说她经常吃不完，买的水果经常坏掉。

张晓同我说这些话的时候，我感到很内疚，我没敢告诉她关于赵青青的事。

那晚，我喝着张晓给我冲的咖啡，心里一直在盘算她今晚是否会留下来陪我。到十一点的时候，张晓说睡吧，你都累了一天了。

她起身收拾东西准备出门。我急忙站起来说要去送她，在她的宿舍楼下，她上楼前嘱咐我："晚上冷，我给你在床上放了一张毯子，记得盖上。"

第二天早上，我还睡得迷迷糊糊，门铃响了，我隔着门问是谁。

"小木，是我，张晓。"

张晓让我和她一起出去吃饭，我们在一家烧烤摊吃海鲜烧烤，张晓吃了很多的烤鱿鱼。我总觉得那东西不干净，没有吃，吃了很多的酱烤土豆片。

吃完饭后，张晓让我快去买票，赶紧回家过年，她说家里人也催她回家过年了。

我们买的是同一天的票，我的车先走，我们一个向南，一个往北，在南来北往的风里，擦肩而过。

自C城到家，我只需要三个小时的车程。我在车上给赵青青打电话，没有人接电话，又打了几次还是没人接。一小时后赵青青给我回了电话。她说她刚做完手术，她很累。

我问："你一个人吗?"

她说是她闺密陪着她。

我说："青青，对不起，你好好休息，等你好一点了再给我打电话。"

她说好，声音温柔无力。

我从没有听过赵青青有那么温柔的声音和那么温和的语气，我们相约过完年再聚。

快过年的时候，故乡下了很大的雪。我记得自我上初中后，故乡就很少下雪了。上小学的时候，大雪经常把韭菜街淹没，那些长在街边的竹子被大雪压塌在地上，阻断了人车的通道通行。放学的时候，我经常去摇那些竹子，把它们身上厚厚的雪摇落下来，每次摇到一半，竹子就因重量减轻而弹回去，纷扬的雪粒撒了我一身。

南方的冬天潮湿阴冷，我身上的雪很快就会融化成水并渗进我的衣服和头发，我每次回家的时候总会被冻得瑟瑟发抖。当然，那些与我同龄的孩子，是不怕冷的。他们经常聚在一起打雪仗，有些人甚至将石块裹在雪球中间，被这样的雪球砸中的人，轻者青紫一片，重者头破血流。

我不用担心这样的事情，他们打雪仗从不叫我。因为，我看起来很傻，木木地杵在雪地里，像一根电杆。他们不喜欢和一根电杆打雪仗。

我也不喜欢和他们打雪仗，因为，许多时候我觉得打雪仗其实没有看一只迷路的蚂蚁如何找到回家的路更有意思。

那时候，我在韭菜街小学上学。

学校离我家很近，我放学的时候经常在学校和家中间的一块荒地里坐着发呆。那块荒地在一个小山坡上，周围建筑甚少，风很大。南方很少有大风，但是，那块荒地的风却是如此的猛烈。放学的时候已经是黄昏了，南方的天黑得早。后来我到了北方的L城，发现那个城市的白天很长，黄昏的时候不像是黄昏，反而像午后。

我在韭菜街读小学那段岁月，放学的时候就已经是黄昏了。我沿着韭菜街走回家去，我的母亲正在给我煮饭，韭菜鸡蛋羹。

如果我回去迟了，她就会把鸡蛋羹放在柜子里，我回去的时候再热一下便可以吃了。

我常常回去得很晚，那时候，我不喜欢看电视，即便家里有台黑白电视机。我觉得它很吵，每次看电视的时候，邻居的老人小孩会来一大堆，我就借故躲出去，去那块荒地，坐在大石头上吹风。

我放学的时候，也会到那里去吹风看落日。

没风没落日时，我就会老老实实地待在家里看书。我喜欢看书，看很多奇怪的，与学校的学习内容不相关的书。虽然我看了很多的书，但是，我的学习并不好。

三年级的时候，我遇到了一位老师。他很帅，我见过很多很帅的人，但是都不如那位老师帅。

他是一个诗人，是我见到的第一位诗人。

他会在上课前喝些酒，然后，讲着课就脸红了，就开始扯开衬衣的领口讲课，我看到他胸口有很长的胸毛。

他讲课我很喜欢听，他常讲些课本上没有的东西。班上的很多人都不喜欢他讲的东西，因为他讲的东西大家没有听过，理解不了。

但我却能理解，上他的课时我总是听得很认真。

我每天会早早地来学校，因为他住在学校，会在早读开始之前坐在学校二楼的音乐室弹风琴。我在学校的围墙外面听他弹奏下去，他停了以后，我才进门。

我那时是那么热爱他弹奏的曲子，它们就像流云一般漂泊在我的心里，自由激荡。

回家的日子，显得无聊。我沿着韭菜街一遍又一遍地走，想找到一些关于少年时代的印记，可每一次都失望而归。

于是，我整天躺在二楼卧室的床上看书，甚至饭都要母亲送上楼来。母亲以为我在看一些很有价值的书，实际上我整天都在看一些很无聊的杂志。看那些杂志既不能增加我的知识量，也不能给我一些创作的灵感，我看它们纯粹是为了打发时间。

离过年还有一个星期，接到了赵青青的电话。

在电话里，她的声音无比温柔。

“小木，还好吗?”

她这样问候我。

“我很好。”我如此回答她。

“小木，我没有回家，我在L城，卖年货。”

我问她为什么没有回家，她说她不喜欢家里各种烦人的破事。

“青青，你啥时候才能不任性?”

“小木，不要指责我了，已经有很多人在指责我了。我需要你陪我说会儿话。我现在像只刺猬，拒绝任何人的搭救，我会扎伤任何想靠近我的人。”

她给我讲她如何卖年货，讲她的老板，一个叫大板的中年男人，在外创业十年没有回家。

赵青青说她帮老板卖年货，在大街上，寒风刺骨，经常需要和很多人讨价还价。我在电话里隐约听到不断有人过来买东西，她一边和我打电话，一边卖东西。忙得不可开交时就对我说：“我一会儿再给你回电话。”

很快，赵青青忙完了给我回电话。她在电话里说，L城冬天的阳光是那么好，但是街上依旧很冷。她很自豪地向我汇报：老板有五个卖年货的摊点，她的摊点是卖得最好的，她一个人卖掉的东西顶得上其他几个人全部的量。

我夸她：“青青最能干。”

后来，我不断地劝她回去，她一直固执地说不愿意回家。她说老板亏了，最近心情总是不好。

我问她：“你不是卖得很好吗，怎么亏了?”

赵青青说，我卖得好，但其他人卖得不好。所以，老板还是亏了。老板今天请我们吃饭的时候都快哭了，我说我不要工资了，但是老板坚决要给，把自己微薄的盈利拿出来给我们发了工资。

我安慰她：“青青，那份工资是你应得的，不要再有什么负担。你累成那样了，那就是你应该得到的。”

有时候她也会跟我抱怨：“小木，我最近老是做噩梦，梦到手术台。”

我劝她早点回家，不要再在冷风中卖东西了，钱不够花我给她寄过去。

她终于答应我最迟再待两天就回去。

过年的前一天，我给张晓打了电话。张晓在电话里像汇报工作一样，给我说了很多她准备过年的事情，包括帮家里人擦窗子，打扫卫生，还有他们家人一起出去采办年货。

她越说越高兴，我说：“你的幸福都要溢出来了。晓晓，那就快快乐乐地过个幸福年吧。”

过年的时候，我年迈的爷爷也来了。他的身体已经很虚弱，他说他快死了。

听到这句话的时候，我感到悲伤不能自已。借故走开，一个人沿着韭菜街一直走。从中午一直走到黄昏日落，停下来的时候，我发现我走到了当年上小学的韭菜街小学。

黄昏的时候，操场里打篮球的学生们早已经散场回家，只剩几个打羽毛球的学生。我倚在门口看那几个打球的学生，我又看见了当年的自己，看见了自己当年在那些悲伤的故事里慢慢地成长起来，青春之光被时间熄灭。现在，我再也不会为了一些事情悲伤或者难过。现在的我可以平静而安详地在自己写的故事里，将自己讲成一个传奇。

1989 年的时候，我去韭菜街小学上学，陪我去上学的是我已经七十多岁的爷爷。他带着我去韭菜街小学报到，我是害怕见到生人，害怕那些欢笑着的人群。我躲在他身后，他帮我拎着廉价的书包。报到的时候，老师让我写自己的名字，我不会写。他帮我写下了，字迹歪扭，很不好看。周围的人都在笑：多么难看的字。

第一天在韭菜街小学上学，我害怕很多东西。站在讲台上的教师，虽然很温和地叫了我的名字，但是我知道她是一只猛兽，随时准备扑下来把我的骨头吃掉。我周围那群人，我叫他们同学，都在高兴地讨论着。我独自一人坐在最后的一张桌子旁，盯着桌面上的一个破本子发呆。我在想，今天回去后爷爷会不会给我做番瓜焖土豆。我望向窗外，看见他正坐在操场外的一块大石头上抽旱烟，眯着眼睛晒太阳。

我也想出去和他晒太阳，但我害怕讲台上的那头猛兽冲下来把我撕碎。所以我继续把头趴低，伏在桌上。

下课的时候，我走出去找我的爷爷。他靠在石头上睡着了，我走到他身边叫他，发现叫不醒，我使劲摇他，还是不醒。有一瞬间，我想他是不是死了。

我忽然坐在他旁边哭，后来他醒来了，拉着我回家，逢人便说这孩子胆小，第一天上学就吓哭了。

他拉着我走过整条韭菜街，在街口买些土豆和番瓜，然后回家给我做番瓜焖土豆。

我吃了很长一段时间的番瓜焖土豆，因为他好像只喜欢做那道菜。我的父母在我上三年级的时候带着我的妹妹去了市里打工，租住在一条大江边的小房子里，一去好多年，他们可能已经忘记了韭菜街和我。我没有什么朋友，连那条我每天走的韭菜街我也不认为是我的朋友。我放学的时候总是最后一个离开学校，走上韭菜街，顺便捡一些卖相不好被扔在地上的韭菜。我把它们带回家，爷爷心情好的时候会给我做韭菜鸡蛋羹，里面放上些许盐，味道很好。

后来，我外出求学，越走越远。

后来，我多年不再回家。我回家的时候，爷爷已经苍老得快走不动了。他坐在我旁边，和我讲话，说他快要死了。

我不知道该怎么去安慰他，也不知道该怎样安慰自己。我只能倚在韭菜街小学那扇黑色的大铁门上，看着黄昏下打球的一群孩子打发时间。

过完年后的第二个星期，张晓给我打电话说她已经到学校了。我说："那我就不在家里过元宵节了，我来C城看你。"

不顾家人的反对，我执意要走，推说有急事要赶回L城。买好票早早地出发，路上依旧堵车，我到达C城的时候，张晓已经早早地在车站等我。

C城下了点雨，她说要先带我去吃饭。我说我不饿，很疲惫，很想睡觉。

第二天醒来，窗外的阳光异常明媚。张晓给我打电话，她说她给我买早餐去了，让我赶紧起床。

十几分钟后，张晓买早餐来看我，还给我买了好多东西。

吃完早餐我们相约去看电影，她说她有优惠券，可以十块钱看一场。看电影的时候，她瞌睡了，头靠着我的肩膀。她说她不喜欢打打杀杀的电影。

我说，那你就睡吧。电影完了的时候我叫你。

她靠在我肩膀上睡着了，呼吸均匀，呼出的热气吹到我的耳朵，弄得我很痒，但我不忍心去叫醒她。

电影看到一半的时候，我接到了赵青青的电话。我叫醒张晓，说我要出去接个电话。

赵青青在电话里问我是否还在家里，说她已经到L城了，如果我回了L城，记得去找她。

我说我过几天就回L城，到时候一定去找她。

回来的时候，张晓拢了拢她睡觉时压乱的头发问我："谁的电话？"

"家里打来的。"我撒谎的时候显得很紧张。

张晓送我去车站，我们跨过一条车流拥挤的马路，马路中间有个街心花园。她穿着宽松衣服，很好看的样子。买上去L城的票，张晓忽然接到学校的电话，说是班主任找她有急事。我说，我要送她回她宿舍，现在时间还来得及，她只让我送到学校外面的街心花园。

我看着她头也不回地穿过了花园急忙地赶回学校，我站在那个圆形的花坛中间，天已是黄昏薄暮，C城的很多人都会聚在那儿跳舞，我就坐在花园的一块石头上，听着一首首伴舞的老歌。忽然，我感到无比的失落，我起身离开，向车站走去。

那天，C城的风无比大，我的心在风里慢慢地沉下去。

第十七章　她将头埋在我的胸口，安静得像只猫

野葵花到了秋天就要被
砍下头颅。
打她身边走过的人会突然
回来。天色已近黄昏，
她的脸，随夕阳化为
金黄色的烟尘，
连同整个无边无际的夏天。

穿越谁？穿越荞麦花的天边？
为忧伤所掩盖的旧事，我
替谁又死了一次？

不真实的野葵花。不真实的
歌声。
扎疼我胸膛的秋风的毒刺。

——蓝蓝《野葵花》

赵青青没有来接我。在车站，我给她打了电话，赵青青说她感冒了，身体不舒服，不想坐车。我站在L城火车站寂寞的大厅里，有一种被欺骗了的气愤。

在车上，我告诉自己："以后都不要和那个女人联系了！"

等我回到寓所收拾妥当的时候，我却忍不住给赵青青打了电话。在

电话里，我有些不争气地对她说：“青青，我想你了。”

她回答：“想就想呗，我又不会疼。”

“但是我会疼啊。”

她就不说话了，末了，她说：“小木，等我身体好点了，我就来看你。”

第二天，我宿舍门外啪啪地响起了敲门声。

我开门，看到提了大包小包的赵青青，她消瘦得让人心疼。

“小木，这次你真的亏欠了我很多。”

她对我说这句话的时候，我们坐在一间小小的面馆里，那里面卫生很差，苍蝇到处乱飞。她努力吃自己面前那碗清汤的面，我说：“青青，吃不完就不要勉强自己了。”

赵青青将埋着吃面的头抬起来：“不能浪费粮食。”

赵青青说她这学期搬回学校去住了，很久不住寝室，和寝室里的姑娘关系变得陌生，她们总是对她很客气。

“小木，我们租一个房子一起住吧。”

我说，给我一个月的时间。

我又去找了那个让我带过课的辅导机构负责人，他答应让我没课的时候继续代课，这次是带两个高中补习班。

赵青青总是在没课的时候坐公交车来我代课的地方看我，她来看我的时候，我基本都在上课或者忙别的事情。没办法去接她，她经常会在辅导机构附近的街上溜达。

那时候，我们都还是年轻的学生，我带她去辅导机构的食堂吃饭的时候，我们与其他的学生情侣无异。

有时候，她会在我上课的时候，偷偷溜到教室的最后一排坐好，装作认真看书，做笔记。我往往上课上到一半的时候才发现她，她会朝我扮鬼脸，吐舌头，很开心地笑，像一个孩子。

下课的时候，她会乖乖地跟在我的身后。

我说：“你以后不要跑到我的课堂上来。”

她问：“为啥？”

“那样我会上课走神儿的。”

“为啥会走神儿?”她眨巴着眼睛问我。

我说:“你那么漂亮的姑娘在那里坐着，我哪能专心上课?”

她说:“那就算我不在，你的教室还坐着那么多的漂亮女学生，你还不是专心上课吗?”

我说:“那不一样，我对自己学生很难产生什么想法。”

她呵呵地笑:“是她们太小吗?说不定我和她们一样大呢。”

“她们是我学生，你不是，这就是区别。”

“还有，你就算要上我的课也可以，但不要在我的课堂上睡觉，对睡觉的学生，我都会把他们叫起来站着上课。”

她有些狡黠地问我:“如果我在你的课堂上睡觉，你会不会把我叫起来站着?”

我说会，她威胁我:“你敢，你要敢那样，那你晚上就得跪搓衣板。”

我说:“你怎么能这样?上课睡觉本来就是不对的事情。”

她说:“那又怎样。谁叫我是你的女朋友。”

她这样说，我就不知道怎么回答她了。

只是想不通，她是我女朋友就可以为所欲为了吗?

但她在我的课堂上倒是很少睡觉，无聊的时候她都是在画画。

她画画的水平很高，总是能画出一些很不错的东西。

看过她的画后我对她说:“青青，你的画很好，每幅画都带着自己的情感，只是你的画风太自我了，总是带着很强烈的自我倾向，这种风格使你的画变得很小众。”

赵青青听了我的话后，很久不画画了。她说，她要在能够画不小众的画的时候才动笔。

一个月后，我领到了工资。我高兴地给赵青青打电话，说可以去租房子了。她对我说，她开始画画了，并且要把画带过来给我看。

三天后我看到了她的画，画上是一棵生在荒原上的木棉树。大片白色的风吹过荒原，木棉花飘落。

当然，我这么形容那幅画多少是带着自己的主观情感。比如，我说大片的风吹过荒原那其实是我的臆想。我不能看见大片白色的风吹过荒原，因为风是看不见的。我那么说，无非是我从那幅画里看到了赵青青无比荒芜的心境。

抛开个人情感，赵青青那幅画很有水准。她真的脱离了她小众的风格，开始向一种普世的悲伤转化。

我把她的那幅画拿给亚哥看，他看完了对我说："这幅画很有水准，比那些挂着一大堆牛逼头衔出来走穴捞钱的所谓画家的画好多了。"

他在屋子翻了半天，帮我把那幅画裱了起来，我拿回来挂在了新租房子的卧室里。卧室里还挂了许多赵青青以前画的画，那些我所谓的很小众的画。我把这幅不再小众的画挂在它们中间，午后的阳光照耀着它们，使我感到一种久违的温暖。

我眯着眼睛观察那些阳光，它们从我卧室的大窗子照进来，在墙上和地板上印出方方的影子。我想起，当初赵青青陪我租房子的时候，她一眼就看上了这个房子。

它离我代课的辅导班不是很远，在一个古旧的小区，是当年钢铁厂的家属院，房子有些旧了，但赵青青一眼就看上了那个有着苏联古典风格的大阳台。我们去看房子的时候，阳台上种着很多的玉簪花，在晚风中愉快地摇曳着。

赵青青很兴奋地搂着我说："小木，我们把它买下来吧，将来有宝宝了，我可以抱着宝宝在阳台上吹吹风，还可以唱歌给他听。"

那是赵青青第一次跟我说起关于孩子的事情，她忽然就不说话了。之前，她告诉我她怀孕的时候，她曾问过我："小木，要不，我们把他留下来吧？你找个人先照顾他，等我毕业了，我就来照顾他。"

当时，我一口回绝了她："青青，我们都还要读书，把孩子做掉吧。"

房子租下来后，赵青青开始很兴奋地布置房间。她买了很多的小东西装饰了卧室、客厅、厨房甚至是卫生间。

尤其是卧室，赵青青站在大床上对墙上该挂些什么研究了大半天后，跳下床将画纸铺在地上开始画画。

我刚抱了一大床太空棉的被子进来，一脚踩到了她的画上，她就开始咕噜咕噜地抱怨起来。

我躲到客厅开始一根接一根地抽烟。

快抽完半包烟的时候，她出来了。将客厅的灯全部打开，她说："小木，以后抽烟的时候记得开窗。"说完，就跑去开窗。

忙完了这些，她又跑到厨房去煮饭。

赵青青煮饭的水平很高，甚至可以把一些大饭店的拿证厨师给比下去。她说，谁娶了自己一定会很幸福的，至少胃是幸福的。

她煮饭的时候，我就去卧室看她刚才画的画，那些画充满着她的情感：很蓝的天空，很白的流云，晚风中的凤尾竹，秋天房顶上的大斑鸠。

赵青青对色彩和画面层次感的掌控非常娴熟，那些画仿佛都是她脑海中的一个个美妙的故事。

我开始在那些画中找寻故事的时候，赵青青溜进了卧室，她从后面搂住我的肩膀，并努力想爬到我的背上去，赵青青很高，穿高跟鞋的时候个子已经高过了我。但是，尽管她很努力地往我背上爬，终究还是没有爬上去。

她有些泄气地对我说："小木老师，你看我的这些画画得怎么样？"

"很美，就是太小众了。"

待到她要问我这些画哪里小众的时候，我已经到书房看书去了。

她叫了我好几次，我还是没有回答她，自顾自地看书。

赵青青一定会在心里骂我浑蛋，但是，即便我知道她会在心里骂我浑蛋，我还是会去书房看书。所以，从这点上可以看出，我是不懂得爱护赵青青的。

她曾在黄昏的时候，和我一起坐在开满玉簪花的阳台上，那时候，我正在给她读英国湖畔诗人的诗歌。她听得有些入迷，然后凑到我的跟前，问我："小木老师，你喜欢我吗？"

我放下诗集，开始思考她提出的问题，几秒钟后，我告诉她，我喜欢她。

她有些失望，说：“说得一点都不真诚。”

那时候，夏季已经快要结束，黄昏的风很大，并且带着热烈的气息直直地从阳台上吹过。

我忽然感到有些哀伤，那一刻，我开始想念张晓，无比想念。我盯着眼前这个和我一起坐在阳台上的姑娘，她比张晓美丽，她会煮很好吃的菜，可是，她代替不了张晓。眼前这个女子，晚上睡觉的时候，会咬住我的耳朵，挠我的痒痒。张晓不会，我吻她的时候，她紧紧地闭着眼睛，流泪。然后钻进我的怀里，将头埋在我的胸口，安静得像只猫。

第十八章　她给我留下了一张纸条

缓步而行的思想，比西海岸快八个小时
此时这硬朗的心脏
走上走下，楼台开着贞洁的花

这就是她，白天重复夜里的旅行
而青铜刀跟了上来

——虹影《回忆之灰》

很久没联系火柴和阿亮他们，刚进门就被他们按在墙上。

“老实交代，最近都和哪个姑娘鬼混去了？”

“没有。”

“没有的话怎么都不来看我们，你是不是都快忘了你是诗社的社长了？”

求饶了半天，他们终于放开我。

“火柴的新诗集获大奖了，小木，你也该写点东西了。”

阿亮一边递给我一本火柴的诗集，一边对我说。

“你们怎么知道我没写，等我写出来啊，都会让你羡慕的！”

“滚球妈的蛋，净会吹牛！”阿亮大骂。

他们骂完就陆陆续续地出去了，火柴要去拜访某个大诗人，阿亮等他们都走完后蹭到我身边神色诡异地问我：“你最近是不是都和赵青青在一起？”

我嗯嗯地含糊回答一句，就出了大门，留下呆呆立在原地发傻的阿亮。

没想到我还会见到颜颜。

诗歌鉴赏课是我唯一雷打不动一直坚持上的课，我走进能容纳 200 人的大教室时，看见颜颜坐在第一排和旁边的女生高兴地谈论着什么。我假装没看见她，面无表情地经过她的身边，径直走到最后一排找了个座位坐下来，拿出书低头便看。

有些知道我和颜颜故事的人都回过头来看我，我继续假装没看见，一本正经地看我的书。

不一会儿，那个长着花白胡子的老教授夹着书来上课了。他长得很帅，尽管一把年纪了，但饱经风霜的老脸还是有棱有角。

我猜想他年轻的时候一定是个帅小伙，有许多姑娘追。他也许有许多的感情纠葛，也许也曾为哪个女子奋不顾身。

这样想着的时候，那个老教授忽然叫我的名字。连叫了两遍我都没答应，我旁边的同学用胳膊肘捣了捣我。

“老师叫你呢。”

我从冥想中惊醒过来，站起来。老头问我：“你就是曹小木？”

我点头“嗯”了一声，老头继续盘问：“你是不是经常写诗？”

“偶尔会写点。”

老头说：“我早听说你的诗写得很不错，下星期一有个校级的诗歌朗诵会，我会参加，到时你也去下，念念你的诗。”

我坐下的时候，看到整个教室里的人都侧脸看我，除了颜颜。

我低下头，脸有些红。老头发话：“开始上课。”

下课的时候，我继续低头坐着，我用眼角的余光瞥见颜颜和身边的闺密走的时候，向我坐的方向看了一眼。

我有些悻悻地出了学校的大门，在门外给赵青青打电话。赵青青说她晚上有考试，不能来陪我吃饭，让我自己随便做点吃。

我去了学校附近的一家川菜馆。

我点了好几个菜，第一个菜端上来的时候，我发现分量很大，我点的那些菜自己根本吃不完。

于是我掏出手机想找个人陪我吃饭。在通讯录里看到颜颜的名字，毫不犹豫地拨了过去。

“小木，你怎么想起给我打电话了？你那么长时间没跟我联系了，我还以为你把我忘了呢。”

“这段时间太忙了，也遇到了一些事情，你过来我们一起吃饭吧。”

她说她就在学校，我便告诉了她菜馆的地址。十几分钟后，颜颜就站在了我的身边。

很久不见，颜颜变得更加漂亮有气质了。

吃饭期间我以为她要问我的近况。但她只是吃饭，什么都没问。

吃完饭，我建议去校园里散散步，她说好。我帮她拎着她名贵的包，在学校昏暗的路灯下，我很多次都想伸手揽住颜颜纤瘦的腰肢，但每次刚伸出手就想到了赵青青。

我们走到学校大门口的时候，听到有人在喊我的名字。

我回头，看到了手里提着盒饭的赵青青。她的脸色很难看，甚至手都在哆嗦。

“曹小木！你个浑蛋！”

她一甩手将盒饭砸我身上，转身跑掉了。

几分钟后，身边的颜颜才捅捅我：“去追啊。好好解释，要不带上我一起向她解释？”

“不用了。”我异常平静地回答。

回去的路上，我一直低头不语。

颜颜拘谨地跟在我后面，到了我租的房子，我转身对颜颜说：“颜颜，谢谢你，你快坐车回去吧。”

“小木，对不起。我没想到会这样。”

“这件事是我的错。”

送走了颜颜，我独自上楼，掏钥匙开门的时候，甚至想赵青青可能在屋子里吧。

但开门后，屋里的冷清气氛让我瞬间明白，赵青青已经离开了。

她收拾了她所有的东西：衣服，洗漱用品，化妆品，还有她的画。

她给我留下了一张纸条，那张白色窄窄的小纸条静静地躺在茶几上，上面是赵青青娟秀的字体：炒菜的油在橱柜的最里面，被装米的袋子挡着的。

赵青青从我的房子搬出去后，我一个人的生活开始变得荒冷苍凉，于是我从街上买了只狗回来养。

天桥上人潮涌动，卖狗的老板被人流挤到了一个小小的角落里。笼子里装着几只灰头土脸的小狗，二十几块一只，当然不是品种狗，应该是乡下土狗。

但狗还算可爱，我挑了一只最小的。我看见它缩在笼子的角落里发抖，我怕如果许久没人买它，它甚至会被冻死，就将它买了下来。我在房间里给它用纸箱子做了一个小窝，它全身雪白，我于是叫它小白。

L 城已经入夏，公交车站许多女生都穿着暴露的裙子，露出了两条雪白而修长的腿。

我怀里抱着蜷成一团的小白，排队上公交。身边有女生看见了我怀里的小白，她们像发现了什么新奇的动物，发出“呀”的惊叹声，继而赞叹道：“多么可爱的小狗啊，瞧它的毛多白啊。”

她们伸手想抚摸小白，我怀里的小白哼唧了几声，死命将头埋入我胸口。

“哇喔，它害羞呢。”她们又惊奇地叫了起来。

我抱着小白上了车，拣了个靠窗的位置坐下。很多上车的人都想过来逗逗我怀里的小白，通常情况下小白都会因害怕而钻进我的怀里，并用呜呜的哼唧声表示抗议。

下车的地点是蓝姬 8 号，小巴让我去参加芦苇草诗社的一个活动。我进门的时候，发现赵青青也在里面。我们对视了一眼，又慌忙避开对方的眼神。

小巴适时的出现解除了我的尴尬，我装作很高兴，走到小巴和火柴的面前，像很多年没见过他们一样，和他们兴高采烈地聊天，小巴和火柴很惊异我竟然养了一只纯白色的小狗。他们都想像公交车上的女孩子们一样抚摸小白，小白依旧很怕生，缩在我的怀里，不肯抬头。我继续和小巴、火柴聊天，然而，没有人知道，我的心思完全不在聊天上。整个活动过程我都心不在焉，期间不断地偷看赵青青，她正在同一群新加入芦苇草诗社的年轻诗人谈话。

赵青青同他们谈话的时候显得神采奕奕，她很高兴，每次见到写诗的新的男性面孔，她总是显得很兴奋。我对于她的这种心态感到越来越不安，我会在她和某个男诗人亲热聊天的时候忽然生气起来。我知道，我开始爱上这个女生了。

我越爱她就觉得她离我越来越远了，从什么时候开始，我觉得我开始失去她了，我已经得不到她了呢？

小巴觉察到了我的异样，他顺着我的眼神看到了赵青青。他有些神色黯然地问我："你喜欢她？"

我没有回答他，推说有事，急急地走掉了。

我的狗，那条还很小、叫小白的狗一直在我的怀里低声哼唧，我抱着那条雪白的狗出了酒吧的大门。出门的时候，透过酒吧大门的茶色玻璃，我瞥见老薛满脸堆笑地出来迎接大家，赵青青扔掉那批和她聊天的人急急地跑向老薛的方向。

我一晃出了酒吧大门，门外耀眼的阳光晃得我和小白都睁不开眼睛。

我浪迹在L城人潮汹涌的大街上，许多人无声地从我的身边走过。他们喜欢这吵闹的市井，喜欢物质胜过精神，那些在我身边滑过的一辆辆趾高气扬的宝马，那些在车里露着两条修长雪白大腿的姑娘，她们都那么喜欢这个城市的喧嚣。我如同一条游在鱼缸里的鱼，看着鱼缸外的世界，繁华无比，却是失语般的孤独。

我一直游荡，直到暮色渐渐苍凉了整座城市。我抱着小白倚在一根有着繁复花纹的路灯杆旁，一根接一根地抽烟。火柴给我打电话，问我怎么不在现场。

我握着电话，有种想哭的感觉。

"我不舒服，提前走了，代我给大家道歉。"

“小木，你是不是感冒了？你的声音好沙哑。”

我挂掉了电话，蹲在路灯杆下开始哭泣，我想，我已经好久没有哭泣了啊，我的泪腺早已经干涸了。

像许多哭泣的孩子一样，我哭累了就抹干眼泪，踏着暮色苍凉的大街回家。

回到家，我饿了，怀里的小白也饿了。我想给自己和小白做饭，打开冰箱发现已经没吃的了。我翻出钱包发现自己已经将这个月的生活费提前花完。

我拿起电话，思考能否给家里打电话要钱，但这是暑假，这种情况下父亲一定会让我回家，家里的饭不要钱。

电话还未接通我就放弃了。

我要自己赚钱。

家教中心因为前几期经营不善，已经没有生源。但我还是不甘心，专门又跑去辅导中心找到老板，他领着我在空荡荡的教室转了几圈后无奈地对我说：“你看嘛，都没有学生了，再这么下去房租都快把人拖垮了。”

出了辅导中心，我在大街上徘徊着又抽了几支烟，抽完最后一支烟的时候，我决定在这个暑假去找一份工作。

我挨个儿给认识的人打电话，让他们给我介绍一个工资高一点的文秘方面的工作。许多人都说他们并不认识什么大官大款，很多人只是说给我留意一下，有消息了就给我打电话。

两天后，一个先前诗会上认识的女生给我打电话了，说帮我找到了一家公司。他们的策划部文案策划人走了，正缺人呢。

在天空还是鱼肚白的时候我就出了小区的大门，我第一次在六点前起床。挤上破破烂烂的公交车的时候，我在投币箱的变形的铝合金上看到自己枯槁邋遢的形象。我的衣服已经一个多星期没有换洗，我的头发只要超过两天不洗就会变得很油腻，会沾上很多的尘土，一缕一缕地贴在头皮上。我已经很长时间没有理过发了，那些长长的一缕缕的头发总会滑下来碰到我的眼睛，我的眼睛总因此而发红、疼痛。

那个我要去面试的公司矗立在L城最繁华的地段，那栋大楼里扎堆着很多公司，两部咯吱咯吱乱响的电梯门前挤满了上班高峰期神色慵懒的上班族。

我站在那些西装革履的上班族后面显得不伦不类，电梯门一开，无数提着公文包和包子、稀饭早餐的人群疯狂地向窄小的电梯挤，其场面一点儿也不比春运差。

我被人群挤进了电梯，踩到了一个脑袋半秃的中年老男人的鞋子，我看到他脚上穿着海澜之家的鞋子。他在人声鼎沸的电梯箱里骂我："你个哈怂，眼瞎了吗？"

我被无数的人挤着，顾不上回骂他。我艰难地将手穿过无数的西装革履、无数的名牌包包，按下了我要去的楼层——29。

手抽回来的时候，碰到了硬邦邦的东西，那是一个穿着西装短裙的年轻女人，我的手卡在了她的胸前动弹不得。

她冲我笑笑，向后靠了一下，我急忙抽回我的手。电梯哗哗地向上运行，每一层都会走掉很多人。到29层的时候，只剩下我和那个被我触摸了胸罩的年轻女人。

出电梯门的时候，我执意要她走前面。

她出电梯门的时候问我："你来这儿应聘吗？"

我点点头，她微微一笑："跟我来吧，我带你去见人事经理。"

第二天，我心潮澎湃地看着我新的办公桌、新的电脑，还有身边新的面孔。在同事们都出去吃午饭的时候，我偷偷地溜到了巨大的落地窗前看外面林立的高楼。我从未站在这种高度看过这个城市，路上的车，人行道上的人真的变小了很多。我将脸贴在巨大的玻璃墙上，有种楼就要倒了的眩晕感。

"又在发呆？"

不知道什么时候那个年轻的美女主任站在了我身后。

"大家都去吃饭了，你怎么不去？"

"我早上吃得多，现在不饿。"

L 城的夏天不似南方那般炎热，我还穿着廉价的薄薄的地摊货夹克衫。它很破旧，和穿它的人一样土里土气。

早上策划部开会的时候，我因为冒头对一个案子提了意见，包括部门经理和副经理在内的许多人都用微笑和诧异的眼神看着我，我很知趣地闭了口。

在这个单位，我一直是一个异类。

我会写诗，这成了我的资本，当然也让我显得异类。公司几乎没人会写诗，没有人读诗，诗歌对他们来说是那么遥远的事物。

策划部的工作很悠闲，以至于我更多的时候都是趴在桌上写诗。有时候部门经理会走到我的身后，不吭一声，偷看我噼里啪啦在电脑上写的诗歌。

我发现他以后，他总是微笑着离开，脚步匆忙："你写，你写，写得挺好的。"

他们都纵容了我，或许就是因为我是一个写诗的。

第一个月领工资的时候，我比别人多领了几百块的电话补助和交通补助。

他们直接给的现金。

我拿着厚厚的一沓钱从财务室出来的时候，感觉心情非常舒畅，我一直不知道，原来我是一个这么喜爱钱的人。

原来有钱的生活是那般美好啊。

我怀揣着三千多块钱去买衣服，去肯德基买了很多的鸡块，去超市买了汽水、啤酒、万宝路的香烟。

我扛着山一样沉重的袋子回到了家。

第十九章　我已经好久没有哭泣了啊

在大雪纷飞的冬季
路过站着一个冰人，
路边行人，
站在旁边张望，
却没有人敢靠近
它不能拥有温暖的生活，
是否仅仅因为它是一个冰人，
雪花轻轻涌在身上，
点击着内心。
冰冷的外表，
隐藏它那颗炙热的心。

很久以后，
一阵风吹过，
带来融化的声音，
它心喜欢万倍，
以为终于离开了，
那片孤独世界，
踏进了温暖的家门，
它不知这是它消失的时刻，
因为温暖的世界却永远容不下这个冰人，
带着无限遗憾离个世界，

留下只有那颗火热的心。

——野夫《冰人》

刚开门就听到了小白的叫声，我放下袋子冲到卫生间，看到小白死命地抓咬着关它的笼子，见到我来，它更加拼命地抓咬。

上班以后，我不能带着我的狗去公司，我去宠物店买了个金属的笼子把小白关了进去。小白对笼子非常恐惧，我费了好大的劲儿才把倔强的它塞进笼子里，我把笼子放到了卫生间，在里面放上水和狗粮。

我去上班，中午的饭也得在公司吃。

那天，那个我刚来公司在电梯碰到的年轻女人，她领我去见人事经理，我才知道她是办公室主任，冷艳，威严。对我，她却有着天使般的笑容。给她送材料的时候，我经常能在她办公室门外听见她骂那些刚进来实习的大学生。骂他们不会写材料，经常迟到！

我有些犹豫地敲了门，里面没好气地命令："进来！"

我推门进去，她见到是我，脸上立刻阴转晴。

我匆匆交了文件材料，退出了门外。

她关上门继续骂人，那些被骂的人总是很羡慕我。因为我也经常迟到，有时候甚至一月连续迟到二十几天，管考勤的女主任却从不骂我。

我每天不仅迟到，几乎天天早退。公司五点半下班，我四点半就离开了公司。我急匆匆地赶回家，因为不是上下班的高峰期，破破烂烂的公交车上人很少。它一路上几乎不停，一路狂奔，我能在二十几分钟之内赶回家。

回到家，一跨进门，我总是先冲到卫生间看小白。自从它被关进笼子以后，它都会死命地抓咬笼子上的铁丝。它是一只向往自由的狗，不自由，毋宁死。

我每次赶回去都会把满脸怒气疯狂抓咬的小白从笼子里放出来。它出来后，不怎么理我，钻到床底下去了。

它害怕我，在它的眼里，我变成了囚禁它的坏人。

我用绳子套住小白，我带着它出去遛弯儿。在小区里，遛狗的人都是老人，我显得怪异。小白见到其他的狗很兴奋，汪汪大叫，想冲过去和那些狗厮打或者耳鬓厮磨。

我死命地拉着它，它被勒得几乎窒息。

阿亮和火柴跑来看我，他们是来责备我的，因为我忽然不管诗社的任何事了。

“你是诗社的社长，不能这样一声不吭地就走掉！”

“最近，我在一个公司上班，我缺钱。”

“赚钱很容易，坚持写诗很难，我们希望你一直保持着一颗诗心。”

送走阿亮和火柴，我悻悻地给小白打开笼子，它跑出笼子就蹿进客厅里用纸箱做的窝里去了。

明天还有一份新闻稿要交，我打开电脑，从冰箱里取了一罐啤酒，点了一支烟，完成这些程序后，我开始写稿子。十几分钟我便写完了，一种英雄般的胜利之感。

那种感觉只维持了几分钟，因为，这种英雄般的成就没有人知道。我的客厅，我的小白，都不能明白我这种成就。我只是我，一个孤独者。

这种孤独总让我想起许多东西，想起许多在我心中已经渐渐暗灭下去的星光，想起我关于诗歌的梦想，想起赵青青，我不知道自己为什么会那么想她，夜里无端地失眠，无端地想起她，是那种撕心裂肺般的想。半夜爬起来坐在窗台上，一瓶接一瓶地喝掉储存在冰箱里的啤酒，一根接一根地抽烟。有时候，夜里的风忽然就大起来，把我吐出的眼圈送回我的鼻咽之中，我常会剧烈地咳嗽起来。

我的咳嗽吵醒了小白，它从纸箱子的窝里爬出来，在乳白色的月光下爬到我的身边。对着我汪汪地叫两声，用毛茸茸的头拱我，它似乎已经不再责怪我把它关在笼子里了。然而，赵青青却还依旧生我的气。

“不要想了，不要想了！”

我痛苦地蜷缩在窗台上，呜呜的叫声从我的怀里传出来。我压到了小白，我直起身子，它从我怀里探出头，眼神空洞。我想起来，我已经好几天晚上没给它喂食了。这几天晚上我把它忽视了，它是自己去找吃的了，还是一直睡在纸箱子搭建的窝里？

我不知道，我已经记不起很多的事情了。

我跳下窗台给小白的碗里加狗粮，在柜子里翻出装狗粮的袋子，拿袋子的时候从柜子里掉出一张纸条，上面是赵青青的字：小木，我走了，照顾好自己。

我发疯似的将狗粮砸在墙壁上，顺手掀翻了我卧室里的椅子和桌子。

狗粮袋子破了，狗粮撒了一地。

小白在地上呜呜地吃狗粮，吃两口就抬头看我一眼。

“吃吧，小白，吃吧，努力吃吧，吃成一条肥肥的帅狗。”

门外有人在敲门，或许我大半夜不睡觉，又摔东西又掀椅子影响到了楼下的邻居。

我不想去开门，趴在冰凉的地板上和衣而睡。天花板的颜色在乳白色的月光下也显得很白。

在睡着前，隐约看到小白爬到我身边蜷缩着睡着了。

不知道是几点，电话响了。

赵青青打来的，她在电话里又那么温柔地叫我。

她说她组织了一个活动，希望我去参加。

我本想挂掉她的电话，可终究还是英雄气短般的问几点，在什么地方。

我只有十分钟的时间可以收拾：洗头，刷牙，洗脸。最后看了一眼镜中的自己：脸色无比憔悴。

赶到小区的门口，发现她已经在那儿等着了。

我装作很无所谓的样子，笑着和她说话，其实，我的心如同那个早上的风一样，早已飘忽起来。

我们去和小巴他们集合，她陪我过马路。我们几乎什么话都没有说，中途她问我为什么脸色那么差。

我说我一夜没睡。

她有些开玩笑般戏谑：“想我了？”

“当然不是。”我回答得那么真诚，她便不再问。

在车站见到了阿亮他们。

火柴没有来。

到了目的地，我才问赵青青：“今天要参加的是什么活动？”

“老薛组织的一个活动，喝茶，聊诗歌。”

那是我第一次真正地见到老薛的豪华别墅。

赵青青和老薛已经很熟了，她可以叫他老薛，而我们都叫他薛老师。

老薛的小别墅，装饰无比华丽。藏了无数的书，无数的艺术品。

我拘谨地坐在沙发的一角，赵青青和小巴忙着帮老薛招待客人。我已经没有了第一次见到老薛时那种激动和澎湃的心情。

我们读诗，聊天，赵青青像女主人一样熟悉老薛家里的一切东西。她忙前跑后地帮我们拿书，倒茶。

聊到下午，老薛说要请我们吃饭。

大家出去找地方吃饭，我跟在赵青青后面，一直看着她的背影。

她和我说话一直很客气，包括在老薛家。她从不和我单独说话，也不刻意地回避我。

我当时想掀翻桌子，把赵青青拉到身边，问她还认不认识我，是否还爱我？

但我一直微笑着，在老薛的房子里，我内心的澎湃激情并没有表现出来。

我们去吃饭的时候，曲梁来了。他穿着很帅气的西装，戴了黑色边框的眼镜。

曲梁来后，赵青青兴奋地大叫起来。她冲上去要和曲梁拥抱，曲梁很绅士地躲开了。

“不让抱算了，那么小气。”

有几分钟赵青青显得那么失落，但是很快又高兴地忙活起来。

我无比心酸地看着赵青青，眼前的饭吃得索然无味。

在老薛的带领下，大家很快聊到了诗歌。曲梁读了一首他的新诗，大家都觉得很好。亚哥没有说话，老薛说，那诗真的很不错！

赵青青很兴奋地自荐：“我来给大家读曲梁的诗歌吧，我之前就看过这首诗了，写得真的特别好！”

她的目光和曲梁转来转去，读完了的时候，亚哥开玩笑说：“你们在一起吧！”

大家起哄，老薛低头不语。

我跟老薛、亚哥说我要接个电话，慌慌地出门去了。

站在饭店前，我掏出手机，求救般的给张晓打电话。

张晓的声音在电话里像雾气一样散去，我一时间不知道要和张晓说些什么。我语无伦次，甚至词不达意！因为我的心完全在赵青青的身上。

坐在饭店外的大石阶上，我满脑子想的都是饭店里赵青青和曲梁聊天的场景。

草草地和张晓结束了通话，重新调整了下情绪再次走进饭店。

曲梁喝大了，赵青青也陪在他身边，用湿巾不停地给他擦额头。

我只是匆匆瞟了一眼，就匆忙和老薛、亚哥、小巴他们道别，谎称有急事，急急地走掉了。

走前，老薛提议我们干一杯，送送我，我之前已经喝了很多啤酒。但我倒了满满一大高脚杯的白酒，在众人惊诧的目光中，咕咕地喝掉了！

我偷瞟了一眼赵青青，她没有任何关切我的举动，站着敬我酒的过程中还在和曲梁讲话！她如果还有一点关心我的话，就会劝我不要喝那么烈的酒，因为她知道我不能喝白酒！

出门的时候，我毫无征兆地吐了。

我歪歪斜斜地走到公交车站，坐上车以后，胃无比难受，我死命地捡起座位前的扶手，不让自己吐出来！

风从窗口呼啦啦地吹进来，我的眼睛那么干涩疼痛。

我哭了。

回到屋子，没有换鞋，没有开灯，挪到阳台上，满阳台的玉簪花在夜风中被吹得哗啦啦响。我猛地跳起来，狠狠踢翻了那些花盆！用血肉的拳头狠狠地砸它们！把所有的花盆都砸烂了，把所有的玉簪花连花带叶带根全部砸烂！

绿色的液体和红色的液体蔓延在阳台上，无比诡异。

我的拳头麻木了，它血肉模糊，上面沾满了花盆碎片的渣子和绿色的液体。我像爱抚小白一样，轻轻地抚摸它。

“呜呜呜。”

小白又被我的吵闹声吸引过来了，它的眼里倒映着无比落魄、憔悴的主人。

“小白，对不起!”

我抱着小白，回到客厅。刚才的愤怒宣泄让我的心情平复了很多。

开灯，到卫生间冲洗我受伤的拳头。冰凉的水冲过我弯曲的手背——它们甚至不能正常地伸展开了。

绿色和红色的液体伴着水流一股股地从我的指缝间流下去。当水终于变成透明，那些白色的伤口翻出来的时候，我终于能感受到疼痛，但我没想到竟然那么疼!

那种钻心的疼，撕扯着我的内心。

我倒在肮脏的卫生间地板上，痛苦呻吟。

好像疼了一个多小时，就没那么疼了。我站起来，找纱布包扎我的手。

望着镜子中因为疼痛而变得扭曲的脸，我得意地笑了。

“曹小木，不要再那么傻了！从此以后不要那么傻了!”

第二十章　赵青青再次消失在我的世界

这一次彻底失去
比以往任何一次失去
都要彻底
也曾犹豫过
是否保留一些最重要的
当真正空空荡荡地躺在床上时
我想，从此以后
再重要的东西
我也有勇气把它丢掉了

——乌青《一切从失去开始》

我删除了赵青青所有的联系方式，我想，或许只有这样我才能彻底地忘记她。

火柴来我的房子看我，给我提了一个硕大无比的西瓜和一听啤酒。我们坐在客厅的地板上喝酒，小白蹲在沙发的一角，缩成一团，它对陌生人依旧害怕。

火柴想上去挠它，它立刻翘起尾巴，对火柴露出还没长全的牙齿。

"还挺凶。"

火柴摊摊手，退到我身边。

"是不是你也不能摸它?"

我一句话也没说，对着小白招了招手，小白就屁颠屁颠地跑过来，钻进了我的怀里。

“啧啧，原来它这么乖。”

“小木，我这次来找你是有件好差事要交给你。”

火柴显得特神秘。

“什么好事?”

我无所谓的态度让火柴很恼火却又无可奈何。

“你上次给我的那些诗稿，我给一个搞诗集出版的独立出版人看了，他觉得你的诗很有市场价值，可以考虑给你出一本诗集。”

“我给你的诗不到一百首，而且基本都是短诗，出诗集不是太薄了吗?”

“我这次来就是找你再要点诗啊，你带上一些你的诗歌，我们一起去见他，他说也很想见见你。”

“我最近不想出去，你把他电话给我，我电话里和他联系。”

送走火柴的时候，我都在想这么好的机会他为什么要给我。

公司办公室年轻的女主任发现我最近总是一副睡不醒的样子，上班总是迟到，在办公室里总是打瞌睡，甚至在开会的时候睡着了。

年轻的女主任不得不把我约到她养着无数花草的办公室里谈话。

“小木，你很有才能，我和领导都很看重你，但你最近总是迟到，上班老是一副睡不醒的样子。”

年轻的女主任叹了口气，我站在她身边不知道该说些什么。

“我以后不会迟到了，我会好好工作的。”

那天以后，我就开始早起，半夜的创作曾一度停了下来。出版社的电话经常在我工作的时候响起来，我每次都借故出去接电话，唯唯诺诺地答应那个语气生硬的编辑：我一定会尽快把剩下的诗稿完成。

我开始偷偷地在单位花大量的时间写诗，我所在的策划部其实是个很清闲的部门，一月才交一篇策划稿。但新来的部门经理却对我在上班时间写诗颇有微词，他默许我看闲书，默许我聊天吹牛，甚至默许我在分配给我的大屏电脑上打游戏，但他不默许我在上班时间写诗。

新来的部门经理一旦发现我在工作时间写诗就会跑到总经理那儿告我的状。总经理是一个喜欢文化的文化人，开公司之前当过几年教师，开了公司以后还坚持写书法。

他对我的纵容一度引起了公司内部人员的忌恨，他们知道领导对我的纵容只是因为我是个诗人。所以，他们对我写诗的事很不满。总经理接到很多反映以后，没有像年轻的女主任一样找我谈话，他直接给我布置了很多文案稿子，那些稿子很多是外单位的文案策划，和我们公司没半点关系。但是，我不能对此提出异议，我趴在一堆稿纸之间，终于有了玩命工作的状态，每个文案都逼得急，我必须在保证质量的同时尽可能地提高速度。因而，我不能在单位上班时写诗。但未完成的诗稿必须要及时完成，我开始抓住任何我能写诗的机会写诗，甚至在上班的公交上，我也会打开手机的便签写一些诗句。

公司总经理不知道从哪儿接来的活儿让我陷入无尽繁重的工作之中，我不仅没时间在单位写任何属于自己的东西，有时候为了完成这些不知道从哪儿接来的文案策划，我不得不加班。每次踩着暮色笼罩的大街回到房子，便把自己砸到床上永远不想起来。

要不是小白在笼子里拼命地号叫，我可能就会和衣而睡直到天明。被饿了一天关了一天的小白拼命地在笼子里号叫，撕咬笼子，我不得不爬起来，拖着疲惫的身体把它从笼子里放出来，给它刚换的大碗里加狗粮。我没想到狗的生长速度如此快，不到一年的时间，这只能蜷在我双掌之间的小狗崽已经长大了三倍以上。

它的食量大增，我给它换了一个硕大无比的碗，并准备在下个周末给它换个大笼子。

因为繁重的工作，我已经连续三个星期没有联系赵青青，我觉得我已经快忘记她了。我不去想关于她的一切，扔掉了和她有关的一切东西。

某个夜里，我忽然接到了她的电话。

电话里她的声音显得模糊而沙哑：“小木，我在你楼下，你来接我吧。”

犹豫了两秒，我说好，我就下来。

在楼下，我见到了赵青青。

她见到我就走上来拉着我的手，仿佛之前我们什么也没有发生，没有吵架，没有分离，她那么自然地拉着我的手。我都快忘记拉着她柔软的手掌的感觉了。

她走在我前面，牵着我上楼，她的两条雪白的腿一直在我眼前晃来晃去。

开门，进屋，我张罗着给她烧水泡茶。她跑到卫生间看着笼子里慵懒的打着呼噜的小白，伸手去摸它，我还没来得及阻止，小白全身的毛都立起来了，本能地发出“汪”的一声号叫，吓得赵青青连退几步，跌在地上。

我放下水壶冲过去，赵青青脸色苍白，手脚冰凉。

“小白害怕陌生人，它不允许别人摸它。”

“喔。”

她心有余悸地坐到卧室的床上，我给她放CD，她听着歌问我：“我留在柜子里的那些画呢？我柜子上的照片呢？”

“我收起来放着了，我怕弄丢了。”

“拿来给我看。”

“收起来了，再拿出来特费事！”

“你是不是都给我丢了？”她逼视着我。

我一时无言以对，无话可说。

她叹着气：“丢了就丢了吧。”

她躺在我床上，一条腿伸着，一条腿蜷着。她对我说：“小木，过来，我想靠靠你肩膀。”

赵青青躺在我怀里很快沉静地睡着了，我看着她白色的大腿搭在我腿上，一时忍不住伸手去摸她的大腿。她睁开眼睛，嘟哝道：“别闹了，睡觉。”

她伸手搂住我的脖子，柔软的胸脯压在我的胳膊上。我一把推开她，捧住她的脸死命地吻她。

我以为她会像以前一样迎合我，但她却拼命地反抗，我试图按住她，她咬住我的嘴唇，是真咬。我疼得大叫她放开。她松口，我翻身躺下一时间兴趣全无。

“赵青青，你竟然真的咬我！”

我生气了。

“谁让你欺负我的？”

我哼唧一声，翻身背对着她。

她转过身来抱着我：“小木，不要生气了。我就是太累了，过来让你陪陪我。”

睡到一半的时候，我又忍不住要去亲吻她，她睡得迷迷糊糊，没有拒绝我。

我压在她身上吻她，吻了十分钟左右，她一把推开我，抱怨我把她嘴都给吻肿了。

她翻身背对着我，不让我再碰她。

五点左右，我醒过来。翻身压住她，再次亲吻她，我越吻越激动，我开始脱她的衣服，她紧紧拽住。我几乎快将她的衣服扯破。她拼了命地抓住我的手，我们在床上相互搏斗了一个小时。我满脸大汗，她已经快没力气，就咬住了我胳膊。我有些愠怒地甩开她：“赵青青，告诉我为什么！”

“我有男朋友了。”

“是谁？能告诉我吗？”

“火柴。”

“我知道了，睡吧。”我泄气般躺在床上，一下明白了很多事情。

早上，我们起床后，因为昨夜的挣扎，都感到全身酸痛。

她从床边的枕头上捡起好多头发：“你抓掉了我那么多的头发，它们长那么长很不容易。”

她的语气幽怨。

她说她要刷牙，我翻箱倒柜地去给她找新牙刷。她却开门走掉了，我追出去的时候，看到她的背影消失在小区大门的拐角。

我没有继续追上去或者大声地叫她，而是神色疲惫地回到了房子。

那天以后，赵青青再次消失在我的世界，电话打不通，发短信不回，她仿佛从这个世界上蒸发了。

第二十一章　我要做远方的忠诚的儿子

那些人　变成了职业的人
那些会走动的职业
那些印刷体字母
仇恨诗歌

我已渐渐老去

诗歌照出了那些被遗忘的人们
那些被挑剔的人们
那些营地　和月亮
那片青花累累的稻麦
湿泣的青苔　即大地的雨衣
诗歌照出了白昼
照出了那些被压倒在空气下面的
疲累的人　那些
因劳顿而面色如韭的人
种油棕的人　采油的人
那些肮脏山梁上的人　海边闪光的
乌黑的镇子
那些被忽视在河床下
如卵石一样沉没的人
在灾荒中养活了别人的人

以混浊的双手把别人抱大的人
照出了雨林熏黑的塔楼
飞过青蝇的古老水瓶
从风雪中归来的人　放羊的人
以及在黑夜中发亮的水井
意在改变命运的人

和无力改变命运的人
是这些巨人背着生存的基础
有人生活，就有人纪念
他们活过、爱过、死过，一去不回头

而诗歌
被另一种血色苍白的人
深深地嫉恨
向诗歌深深地复仇

——骆一禾《诗歌》

那晚，我坐在琉璃厂大门外的台阶上抽烟。

远远地就看到赵青青来了。她背着巨大的旅行包，穿着深蓝色的牛仔裤。看到我，她将巨大的包丢在地上。对我说："小木，我累了。"

我依旧坐在琉璃厂大门外的台阶上，看着她很累的样子。忽然有些心疼，我想对她说些关怀的话。但终究什么也没说，我知道，倔强的赵青青不会接受我的任何关心。

她依旧很瘦的样子，坐在我身边，将头靠在我肩上。

她对我说："小木，我有些冷。"

我没说话，抱住了她的肩。

远处有人在放烟火，尽管那些烟火距我们很远，但赵青青还是很深情地对我说："小木，你看烟花多么漂亮。记得我认识你那年，跨年的时候，我一直央求你给我买烟花。你一直没有答应，而是带我去喝奶茶，吃牛角面包。”

我说我已经想不起那些事了。

赵青青说：“小木，我跟火柴分手了。”

我说：“你没事老玩分手干吗，很好玩吗？”

“小木。”赵青青有气无力地说道，“火柴跟了我那么久，我曾以为他已经成了我生命中不可缺少的一部分，我曾认为，不管发生什么，我这辈子都不会离开他。但，最终我们还是分开了。”

“小木。”赵青青又叫了我一声，躺在了我怀里。

我不想抱她，虽然，在她和火柴好上之前，我很想抱这个女生，可那一夜，我不想抱她，因为火柴。

我将我的手挪开，不碰到她身体的任何部分。

她又叫了我一声小木，将头靠在了我的腿上，我看得出来她有些难过。但我从不敢安慰她，她觉得她是一个不需要安慰的人。不论她遇到了多大的困难，不论她将自己折磨得多痛，她从来不需要安慰。她如同一只受伤的野兽，拒绝怜悯，拒绝搭救。

她起身走了，离去的时候，很幽怨地看了我一眼。我当时多么想叫她一声，可是我没有，自始至终我一句话都没说。

那夜赵青青走后，我很久没有见过她。

毕业前，我们诗社的成员再次相聚在一起，许多认识的或者不认识的人都聚集在一起，为了诗歌，我们一杯接一杯地喝酒，唯独缺了火柴，阿亮说他失联了，很久没有参加过诗社活动，电话停机。

那晚，阿亮喝高了，他喝高了就开始哭泣。他哭了好久，我们没有一个人去安慰他。后来，我们都喝醉了，在蓝姬 8 号酒吧，老薛的地盘，喝醉了的我们都挤在一起，大声朗读海子的诗歌：

我要做远方的忠诚的儿子
和物质的短暂情人
和所有以梦为马的诗人一样

我不得不和烈士和小丑走在同一道路上

万人都要将火熄灭　我一人独将此火高高举起
此火为大　开花落英于神圣的祖国
和所有以梦为马的诗人一样
我借此火得度一生的茫茫黑夜

此火为大　祖国的语言和乱石投筑的梁山城寨
以梦为上的敦煌——那七月也会寒冷的骨骼
如雪白的柴和坚硬的条条白雪　横放在众神之山
和所有以梦为马的诗人一样
我投入此火　这三者是囚禁我的灯盏　吐出光辉

万人都要从我刀口走过　去建筑祖国的语言
我甘愿一切从头开始
和所有以梦为马的诗人一样
我也愿将牢底坐穿

众神创造物中只有我最易朽　带着不可抗拒的死亡的速度
只有粮食是我珍爱　我将她紧紧抱住　抱住她　在故乡生儿育女
和所有以梦为马的诗人一样
我也愿将自己埋葬在四周高高的山上　守望平静家园

面对大河我无限惭愧
我年华虚度　空有一身疲倦
和所有以梦为马的诗人一样
岁月易逝　一滴不剩　水滴中　有一匹马儿一命归天

千年后如若我再生于祖国的河岸

千年后我再次拥有中国的稻田　和周天子的雪山　天马踢踏
和所有以梦为马的诗人一样
我选择永恒的事业

我的事业　就是要成为太阳的一生
他从古至今——“日”——他无比辉煌　无比光明
和所有以梦为马的诗人一样
最后我被黄昏的众神抬入不朽的太阳
太阳是我的名字
太阳是我的一生
太阳的山顶埋葬　诗歌的尸体——千年王国和我
骑着五千年凤凰和名字叫“马”的龙——我必将失败
但诗歌本身以太阳必将胜利！

我们将最后一句“但诗歌本身以太阳必将胜利！”重复了无数遍，好像我们已经胜利了一般，我们胜利了吗？我不曾知道，我们即将毕业，诗歌和太阳都将成为过去的荣光，我们必须也不得不面对的是就业与现实。

老薛那天很大方，给我们提供了无限免费的啤酒，满地的啤酒瓶使蓝姬 8 号显示出从未有过的混乱与肮脏，就像我们即将凋零的青春与梦想一样。

在我们的聚会快结束的时候，我看到了赵青青。她在收拾地上肮脏的啤酒瓶，拎着一个巨大的篮子，一个接一个地捡我们随意丢弃的瓶子。

我斜靠在巨大的靠背椅上，看着她吃力地拎着篮子捡啤酒瓶。我挣扎着爬起来，晃到她身边：“青青，你怎么在捡瓶子了？”

“我在蓝姬 8 号打工，捡瓶子是我的义务，你们不想我那么累，就不要乱扔瓶子。”

她说完又转身去捡瓶子了，看着她的背影，我感到无力与颓然。

我蹲在她身边和她一起捡瓶子。

“青青，你为什么要来蓝姬8号打工，你还没毕业，你很缺钱吗？”

“是，我很缺钱。你要借钱给我吗？”

我怔在原地，手中还拿着一个沾满了啤酒泡沫的瓶子。

大家散去的时候，已经是深夜。满屋子的啤酒味，阿亮絮絮叨叨地碎念，坐在大沙发上一直一言不发的老薛，还有忙碌着擦桌子，扫地的赵青青……

我忽然觉得一切都变得那么的不真实，毫无意义。

临走的时候，老薛和赵青青把我们送出了酒吧的大门。

“青青，很晚了，你跟我们一起回去吧。”小巴建议。

“不了，我住在酒吧里。”

老薛对我们挥挥手：“大家早点回去吧，记得常写诗歌。”

说完，转身和赵青青一起回酒吧去了。

回去的路上，气氛相当沉闷。

“赵青青怎么会住在酒吧呢，那儿好像没床吧。”

“这你就不懂了，你没看到老薛最近专门买了一张大沙发吗，那说不定就是晚上睡觉用的，不过他们两人睡可能挤了一点。”

阿亮说完这话，我心里一冷，想冲过去将他暴打一顿！

我一把揪住了阿亮的衣领：“你说什么呢！赵青青不是那样的人！”

“我只是随便说说，何必发那么大火？”

阿亮拨开我的手。

一行人像一路败兵，在L城昏暗的路灯下游走，一路上商店卷帘门紧闭，城市如森然林立的巨兽，似要将我们吞没。

我满脑子都在想赵青青，她是不是真像阿亮说的那样，和老薛搞在了一起？

不会的，赵青青不是那样的人。但她说她缺钱啊，女人缺钱了不是什么都做得出来吗？

我在心中不断推测，不断假设。

我们去了亚哥的出租屋，床不够用，许多人躺在椅子上睡觉。老板娘专程上楼来严厉地警告我们不许吵闹，不然把我们都撵出去睡大街。

我躺在椅子拼成的床上，想着赵青青和家里的小白，一夜无眠。

早上起来全身酸痛，阿亮忽然说他要离开 L 城回家乡工作。

“啥时候走?”我从床上探起头来问。

“今天就走。”

阿亮走得无比匆忙，让我们所有人都措手不及。在火车站，阿亮显得很落寞。

“诗社以后就交给你们了。”

说完，他提起大包混入了匆匆人流。

送走了阿亮，众人心里都很难过。火柴建议大家再喝一次酒，我对喝酒再无情致，离开队伍，独自回了家。

在小区超市给小白买了狗粮，小白最近乖了很多，吃饱喝足就乖乖地躺回了笼子。

我开始熬夜写稿子，诗集的出版时间日益临近，出版社也催得越来越急。

写得越急，交过去的稿子就总会不过关。编辑甚至已经想把我的那辑诗集取掉。我总是整宿整宿地睡不着，我告诉自己不能丢掉这个机会，这是自己要出的第一部诗集啊!

失眠开始成为常态，开始整夜地听歌，只有在低迷的歌声中才能渐渐睡去，四点的时候又会醒来，打开电脑继续写东西。

那天，写到半夜就下起了雨。我的窗户没有关，雨就从窗户飘了进来。我起身关窗，桌上的电话突兀地响起来，蓝色的光在房间里忽闪。

我低头一看是赵青青的电话。

“小木，最近还好吗?”

再次听到她的声音，我竟然有种想哭的感觉。

赵青青在电话里抱怨在蓝姬 8 号酒吧工作太累。

“每天要洗很多酒杯，现在手被泡得像虎皮凤爪。”

我说我明天去看她，请她吃饭，她说她最近忙得走不开，下班都到晚上十点。

我说可以去等她。

我九点半就到了蓝姬 8 号酒吧外，等了半个小时，看到赵青青出了门。

她梳着马尾，显得很利落，但脸色看起来很糟。

我们一起坐车去印川大街那边吃烤鱼，在车上，她不停地接电话，我隐约听到是很多男生打电话来问她的近况。

路上，我试图去抓她的手，随即她灵巧地一闪而过，仿佛在躲避一个即将上前欺负她的流氓。

吃鱼的时候，我盯着她看，她忽然笑了起来："小木，你盯着我看啥，我脸上有脏东西吗?"

"不是，青青，最近想你了。"

她听到我这么说就不说话了，低着头把玩手机。

我们吃完鱼出来，我提议在印川大街上散散步，我说我们已经很久没在一起散步了。

她说，她要去见老薛，老薛今晚给她布置了任务：让她给他的新诗集做校对。

"青青，那么晚了，你还要去吗?"

"薛老师叫，哪能不去呢。"

她接了个电话后对我说薛老师开车往印川这边来了，她拿到诗集就陪我散步去。

"我陪你去见老薛吧。"

"不，我不希望老薛知道我和你出来吃饭，你跟在我后面等我一会儿吧。"

她的电话响了。

"老薛已经到了。"

她急匆匆地跑掉，我也急匆匆地跟在她身后。

老薛的卡宴停在路边很扎眼，赵青青走到车前，车门打开，老薛下车，站在车前和赵青青说话，我隔得远，听不清他们说话的内容。

他们大概讲了十几分钟，然后，赵青青就上了老薛的车。

我是如此的措手不及，我慌慌地拦了辆出租车跟着老薛的车，在老薛家的别墅前，赵青青跟着他上了楼。

手机滴滴响起，有一条短信：小木，对不起，我临时有急事和老薛回酒吧了，改天向你赔罪。

我拨通她的电话。

“你在哪儿?”

“酒吧啊，有些账目不对，我回来核对。”

“可是我看到你去了老薛的别墅!”

我几乎是咆哮着说出这句话的，我胸腔起伏不定，我等着她给我一个答复。

但赵青青挂掉了电话，我打过去，再没人接。

第二十二章　他原来是一个无比肮脏的小人

一切都是命运
一切都是烟云
一切都是没有结局的开始
一切都是稍纵即逝的追寻
一切欢乐都没有微笑
一切苦难都没有泪痕
一切语言都是重复
一切交往都是初逢
一切爱情都在心里
一切往事都在梦中
一切希望都带着注释
一切信仰都带着呻吟
一切爆发都有片刻的宁静
一切死亡都有冗长的回声

——北岛《一切》

在老薛家的别墅前，我蹲在路灯昏暗的马路牙子上，像是挨了一刀，悲痛而无奈地坐着。多年以后，每当我想起那个场景都会觉得可笑而难过，我当时多么傻啊，就是一标准的傻逼！那晚我看着老薛别墅二楼卧室的灯亮起，人影攒动，一会儿又熄灭。我想老薛是怎样扒掉了赵青青的衣服，亲吻、抚摸她瘦削的身体，她笔直的腿。那夜，空气仿佛都凝结了，我双手抓着膝盖上的裤子，指甲几乎都陷进了肉里，我没了愤怒，没了哭泣，悲伤或者难过。我只是在犹豫，我要不要冲上楼去，和老薛干架，拿啤酒瓶在他的头上开瓢，然后我去坐牢，然后赵青青会来监狱看我，或许她不会来。

那夜，我在昏暗的路灯下想了好多，内心荒芜的洪水决堤般流淌，肆意奔流，淹没了我的悲伤，愤怒，难过。

我甚至都不能悲伤了啊，我甚至想给赵青青发个短信，让她记得吃避孕药。

我他妈的真是贱啊！

走回去的时候，我满心的荒凉，曙色微明的街道，早起叫卖的小商贩，洒水车溅了我一身水。

我想我要感冒了，我的嗓子开始发哑，头晕目眩。

她是为了什么变成了这样，钱，还是纯粹的仰慕？

我回到了房子，瘫倒在地上，心如刀绞。

“小木，等我毕业，我们就结婚吧。”

我经过婚纱店的时候忽然就想起赵青青曾对我说过的这句话，我愣在原地，手足无措，世界无声，无数的车流人流穿过我。

“小木，你要乖乖地，记得按时吃饭，不要挑食。”

“小木，小木，我们去照婚纱照吧。”

我疯狂地想起关于赵青青的一切，那段时光开始凄惨无比，我放弃了写稿子，每一分钟，我的脑海中都是赵青青的影子，她说过的每一句话，她做过的每一件事，她就像一个幽灵一样，无处不在，无所遁形。

我觉得我再这样下去，我就要死去。

我开始去约陌生而漂亮的女生。

我再也不去蓝姬 8 号酒吧，我和诗社的朋友断绝了所有的联系，我将和老薛有关的一切都屏蔽在我的世界之外，那个曾经那么崇拜的神，那个 L 城无数诗歌少年的偶像，原来也是一个无比肮脏、男盗女娼的小人！

那段惨淡的时光里，我经常去小区附近的一个小酒吧小酌几杯。

我爱上了那个酒吧伤悲的音乐，酒吧角落里有架钢琴，酒吧经常会请一些附近大学音乐学院的女学生来弹琴，钢琴曲缠绵悲情，正合我哭泣的心。

我鬼使神差地买了一架二手的钢琴，在大学的论坛上发帖子，要找一个钢琴专业的学生做自己的钢琴教师。

很快就有很多人联系了我，我约了他们在大学城附近的一间咖啡店见面。见面的时候，发现来的全部是女生。

她们都是那所大学的音乐学院的学生，她们简要介绍了自己。

我说，我的要求不高，能在短时间内教会我弹奏一些钢琴曲就行。

其中有个齐刘海的女生说道："我经常在钢铁厂旁边的一个小酒吧弹奏呢，今晚我也在那儿弹奏，你要是方便的话，可以先去那儿听听，如果觉得我弹得还能听过去的话，就找我吧。"

我将我每晚都去那个小酒吧听钢琴曲的事跟她说了，她有些惊喜："是吗？那真是太有缘了。"

我没再了解其他人就定了那个女生，并且对她说，晚上就去酒吧听她的演奏。

那晚，酒吧里的人不是很多，我一坐下就看到了坐在酒吧角落里弹琴的那个姑娘，不过灯光昏暗，我看不清她的脸。

我给自己要了杯冰啤就着那婉转的琴声喝起来。

一曲终了，那姑娘站起来鞠躬，酒吧里响起稀稀拉拉的掌声。

她用手拢了拢自己刚才因鞠躬散开的头发，径直朝我的方向走来。酒吧里有些老男人开始嘀咕开来，当然，我不是老男人，如果我还是老男人，他们更会发出一些奇怪的议论。

其实，我比那个姑娘大三届，我是她的学长。

她走到我面前，提了下长裙坐下。

但她化了妆，没有了白天见她时候的清纯。

"学长，你觉得我弹得怎么样？"

"很好，是我喜欢的风格。"

她有些欣喜："那我可以教你弹琴了吗？"

“周六周日没课的时候，可以来我家里来教我。”

我给她留了我的电话和住址。她将它们一一记下，末了，问了我一句：“学长，你一个人住吗？”

我点点头。

她有些惊讶地问：“学长难道现在单身？”

我哈哈大笑起来，酒吧里的人都惊诧地望着我。

姑娘的脸很快绯红一片。

在酒吧的大门外，她说她要坐公交车赶回学校，我一看已经快九点半，就让她收拾东西，我送她回去。

她跑回酒吧的后台换衣服，她换衣服的时候，我站在街边一根接一根地抽烟。

L 城的夜晚总是有很多的风，凉意习习。

那个姑娘出来的时候，已经换上了她白天在学校时穿的衣服。我想和她多说会儿话，才猛然想起，我们聊了这么长时间，我还不知道她的姓名。

于是我有些不好意思地对她说，我还不知道你的姓名。

她说，她叫黎落落。我可以叫她落落。

周六，我去学校门口接黎落落，校门口都是匆匆赶着上自习的学生，还有一大群卖煎饼、粥的小贩。

早晨天气凉冷，黎落落戴着大红的围巾站在校门口。她看见我，很开心地笑。问我吃早餐没有，我说没有，她说她也没吃，要请我吃早餐。我看了周围那些小贩卖的早餐，好不好吃我不知道，但是很不卫生。

我对她说：“去我家里，我给你做。”

她很乖地和我一起上了公交车，我把她带到了我家里。黎落落站在我的大阳台上，看着阳台上的一盆盆的玉簪花，不住地发出赞叹：“小木学长，你怎么养了这么多花？”

“那不是我养的花，是我前女友养的。”

我说得无限感慨。

我让她先坐下休息，她说要先看我的钢琴。我把放在客厅用布盖住的钢琴掀开让她看。她评头论足地说了一堆，最后说总体上还是好琴。

我说："你先看会儿电视，我去给你做早餐。"

"小木学长，需要我帮你一起做吗?"她说话的时候，耳朵和脸颊绯红。

"不用。我一个人就可以了。"

我没告诉黎落落，其实，我是不会做早餐的。我原来是一个很懒的人，什么都不做。我妈说我是个生活上的低能儿，和赵青青在一起的日子都是她做早餐。

黎落落溜进厨房来："你的蛋糊了。"

我猛然醒悟过来，低头一看，锅里的煎蛋已经糊了。

黎落落接过我手里的铲子："还是我来吧。没想到学长那么喜欢发呆，连做早餐都可以潇洒地发个呆。"

听黎落落这么说，忽然就想起颜颜。她是第一个崇拜我发呆的人，对于颜颜来说，我的发呆是很文艺的一件事。

"喏，早餐好了。"

黎落落端着煎蛋走出来，我急忙说我去倒牛奶。

吃完早餐，黎落落开始教我弹钢琴。她教得有些枯燥，尤其是给我讲乐理的时候，我显得很烦躁不安。

她讲了快三个小时，然后叹着气说累了，讲不下去了。

我说那就休息一下。

她坐在我的沙发上看电视，我给她沏了我很少拿出来的龙井茶。

我送黎落落回学校，公交车上很挤，她站在我前面，挽着发髻的头斜靠在我抓栏杆的手臂上。我能感觉到她的脖项里的温热，还有她透明而绯红的耳朵摩擦过我手臂的顺滑质感。她好像故意将自己的头紧紧地靠着我的胳膊，她一句话也没说，随着车的晃动，她的脸颊都触到了我的手臂，她的脸颊又绯红起来。

将黎落落送回宿舍后，我回到自己的房子，路上一直在想车上黎落落的一切举动。由于没有睡午觉，我很困，想着想着便在沙发上睡着了。

睡着后做了一些很凌乱的梦，梦里我看见了赵青青，还有颜颜。

醒来的时候，发现房间里有异样。好像是有人来过了，这个想法着实吓了我一跳，我以为家里进了贼。

我慌忙去洗了把冷水脸，清醒过来后，我拿着拖把开始搜查房间，搜到卧室的时候，发现赵青青睡在我的床上。

她已经睡着了，睡得很熟。鞋也没脱，看起来很累。

那天晚上，我见她去了老薛的别墅，我就想，这一辈子我都不想再见到她了。我删掉了关于她的一切联系方式，我想我很快就会忘掉她，忘掉这个在我的心中留下无限苦痛的姑娘。没有赵青青的日子，我想念她，想她回来。我想她回来的时候，她没有回来。我没想到她会回来的时候，她却回来了。

我叹了口气，把她的鞋脱掉，将她抱起来放到床中间。抱她的时候，她好像醒来了，咕噜噜地说着什么，我问她："青青，你醒了？"

她没有回答，只是将头埋进了我的怀里。

我要给她盖上被子，她死命地搂住我的背不放。

我说："青青，乖，先把被子盖上好吗？"

她放开了我，将脸埋到枕头里。

我给她盖好被子，到厨房里给她煮饭。赵青青这次回来，瘦了很多，以前，我抱她的时候，有些吃力，这次我很容易就把她抱了起来。

我把饭煮好的时候，去叫她起来吃饭。

她说头发全睡乱了，她说她要先去梳头，就径直去了卫生间，一会儿，就问我："小木，我的梳子呢？"

她或许忘了，她走的时候把她的东西能带走的都带走了。

我说："你可以先用我的。如果不习惯的话，我现在下楼去给你买新的。"我依然很迁就她，她回来了，不论她之前做过多么肮脏的事情，现在，我都原谅她了。她回来，这个我们曾经一起租下的房子就有了人气，我甚至是小声哼着歌做饭。

她整理好头发出来的时候，坐在我的对面开始吃饭。我看着她，她抬起头问我：“小木，你煮饭的水准怎么这么高了？”

吃完饭，她放下碗。我给她收拾碗筷，并打扫桌子。

她缩在沙发上看着我忙前忙后，忽然对我说：“小木，你变了，变成熟了。”

我没有回答她的问题，而是对她说：“洗澡水给你放好了，你先去洗个澡。”

赵青青去洗澡的时候，我又把客厅打扫了一遍。

她洗完澡裹着浴巾出来，坐在我的身边。我怕她冷，把空调打开。

“青青，这段时间你去哪儿了？过得还好吗？”

我问得很小心，尽量不提她和老薛的事。

“小木，不要再问我这些好吗？抱我去睡吧。”

我将她抱到床上，给她盖上被子，转身离开。到卧室门口的时候，赵青青说话了：“小木，你不和我一起睡吗？”

“青青，我睡沙发。”

“小木，你有女朋友了吗？”

“嗯，青青，我有女朋友了。”

“那她今晚会回来吗？我还是离开这儿吧，不然她来了看见我，你会解释不清楚的。”

“她和我没在一个城市。好好睡吧，青青。”我关掉了卧室的灯，带上了房门。

赵青青在我做好早餐的时候还没有醒来，我准备去叫醒她的时候，电话响了，是黎落落打来的。说她已经到了我的楼下，问我今天是不是有什么要紧的事，没去接她。

我忽然想起今天约了落落。

“今天我有事，钢琴课暂时就不上了。”

她问我有什么事，我说也没什么大事，是身体不舒服。

她说：“那我就回去了。”

我觉得有些冷落了黎落落，她都到我楼下了，我却没去见她一面。

但如果让黎落落上来看见赵青青的话，那就有更多的事情说不清楚了，我很有可能会被黎落落误认为是个花心大萝卜。

赵青青醒来了，说饿，想吃饭。

我把早餐端给她，她吃完后，向我客气地道谢，起身要走。我本是想留她的，但是找不到理由去留，只能对她说，那我送送你吧。

我将她送下楼去，问她："你要去哪儿，我送你去。"

"小木，谢谢你。但我要自己走，我不喜欢的事不要勉强我好吗？"

我说好。

她招停了一辆出租车，车启动的时候，她的眼一直望向前方，不理会我对她的挥手道别。

第二十三章　火车将我带离 L 城的时候，我哭了

你在爱了
我怎会不知
这点点爱
只能逗引我
不足饱饫我
先得将尔乳之
将尔酪，将尔酥
生酥而熟酥
熟酥而至醍醐
我才甘心由你灌顶
如果你止于酪
即使你至酥而止于酥
请回去吧
这里肃静无事

——木心《醍醐》

赵青青走后，我无心回家。那时候，冬日快要结束，L 城早春的气息已经开始浓烈起来。

于是，我想离开蛰居已久的屋子，准备去外面走走。

一个人在中央公园里慢慢地踱步，像故乡王麻子家那条老狗，它年老的时候总是会在故乡洒满阳光的场院里慢慢踱步。身上的毛杂乱而肮脏，它已经不是当年那条随意勾搭村里母狗意气风发的二蛋了。它垂垂

老矣，而它的主人王麻子也步上了它的后尘。

我终于交上了拖欠出版社的稿子，我的诗集终于以一个丛书号的形式出版。我没有举行任何的发刊仪式，但我大学的党委书记，终于知道我喜欢写诗，并且出了一本诗集，那天，他打电话请我吃饭。

那时候他已经是副厅级别，做事雷厉风行，是一个正派的人。饭局上，他说他也喜欢写诗，虽然写得不怎么样，但是他一直在坚持。

我觉得，写诗最重要的是情感。如果没有真挚的情感，那么即使用了无数的技巧，写出来的诗歌也是矫揉造作的作品。

请我吃饭那位书记，不缺乏写诗的真挚情感。但终究是业余爱好，技巧上就差得远了。

我就给他讲一些技巧，他听了很是受用，并且说要回去好好研究研究。

等他再次把写的诗给我看的时候，我发现他的进步很大。

他说要谢我，要请我去他家坐坐。

他亲自开车。他说，他好久没有自己开车了，自己开车的感觉其实很不错。

他还说，他当年上大学的时候，也经常写诗，他现在的夫人就是当年上大学的时候写诗追到的。

到他家的时候，他女儿出来迎接我们。

他女儿比我小六岁，在荷兰阿姆斯特丹念书，学音乐。

进客厅，见到了书记说的当年他靠写诗追到的夫人，果然是美丽与气质并重的女子。

但是听书记说，他夫人也是个写诗的高手，在他们的影响下，他们学音乐的女儿也很喜欢诗歌。

那天吃的菜中有些很奇怪的菜，味道和样式都怪，书记说是他女儿做的荷兰菜。

老实说，那些菜我不喜欢，但还是装作很好吃的样子吃得很香。

很多了解我的人都知道，就算是很难吃的东西我也能将它们吃得很香。我的颌骨很大，咬肌发达，总能在吃东西的时候发出很响的吧唧声，这种声响造成了一种假象，那就是我正在吃的那东西味道很不错。

因为我吃好吃的东西时的吧唧声和吃不好吃的东西时的吧唧声一样大，所以，别人分辨不出我吃的哪些东西好吃，哪些不好吃。

吃完饭后，书记让她女儿送我下楼。

在楼下，她女儿说已经很晚了，要开车送我回去。我说，不用，我自己能打车回去。

她坚持要送，我死活不同意，我们几乎争执起来。

最后我说道："好了，不要争执了，我自己打车回去。"

她不说话，堵在我面前，看着我一句话也不说。

我甚至想下一刻她会不会像一个小孩子一样脸一瘪就哭起来。那她老爸冲下楼来肯定会一脚把我踹到爪哇岛去。

我说："在荷兰念书的人都是这样的吗？"

她还是不说话，我只好妥协："好吧。你开车送我吧。"

她依旧一句话不说，转身去取车了。我想，她是不是在外国念书得了后遗症：一生气就不会说中国话了？

开车出来时，发现那天街上的人很多。我们的车如同蜗牛一样缓慢滑行。

路边上都是卖小东西的商贩，他们中既有地道的进城农民工，也有许多出来练摊的大学生。

他们中有卖小金鱼的，也有卖廉价衣服首饰的，甚至有卖蛇的。

卖蛇的摊子上写着"宠物蛇"的字样，可我看到那些软绵绵的东西还是心里发怵。坐我身边开车的书记的女儿竟然把车停下，说要去买条蛇。

我们走到卖蛇的女生面前："你的蛇怎么卖？"

那卖蛇的女生抬头，我一下惊在原地。

"小木，这么巧啊？"

她同我打招呼，我身边书记的女儿惊异地问我："你们认识？"

我说是啊，我们认识。

书记的女儿把我送到家后，我在小区门口和她说再见，挥手道别。

我看到她的车消失在路口后，慌忙在街边打了一辆车往赵青青卖蛇的地方赶去。

等我赶到的时候，赵青青还在那里。我走过去蹲在她身边，看着她不说话。

赵青青问我："怎么了，小木觉得青青卖蛇不正常吗?"

"没有啊，挺好的。"我无可奈何地回答。

"没有就不要挡在我前面，影响我的生意。"

我挪到她身边，旁人看来，我也成卖蛇的了。

我蹲在她身边看她卖蛇，当然，她的生意很好。不停有人过来看蛇，然后买走。别人跟她她讲价的时候，她总是不说话，带着无辜的眼神看着同她讲价的人，往往讲价的人只好默默地掏钱把蛇买走。

有个青年人跑到她的摊儿前看蛇，不买，走了，一会儿又回来了。如此三四次，弄得我都怀疑那人是不是有毛病。

最后，在赵青青要收摊儿的时候，那人又过来了，问赵青青："终于收摊儿了啊?"

赵青青"嗯"了一声。

那人竟然问赵青青："你有没有男朋友?"

赵青青愣了一下，看了那人一眼，说："有。"

那人就指着旁边的我问："是他吗?"

赵青青回头看了我一眼，说："是。"

那人"喔"了一声就走掉了。

那人走掉后，赵青青笑嘻嘻地对我说："小木，你以前总是说青青很丑，你看，现在我在大街上卖东西都有人来问有没有男朋友呢。"

我说："青青本来就漂亮。"

她收拾好东西后，我说要送她回去。她说有人来接她，并说不想让我知道她住哪儿。

就在说话的空当，就看见那个熟悉的火柴蹬着自行车过来了，走到她面前说："青青，走吧，饭都做好了。"

赵青青走到我面前同我打招呼："小木，我先走了。你也早点回去喔。”

她是微笑着同我说这些话的，我看了看火柴，他把自行车停在距我们几米远的地方，头偏向一侧，装作没看见我。

我对赵青青说：“那你们路上小心点，我回去了。”

说完头也不回地走掉了。

我回到屋里，看到那满阳台的玉簪花，心中无限忧伤，一狠心，将那些花全部拔出来，用黑色的塑料袋装上，全部丢到了楼下的垃圾桶。待我把那些玉簪花都扔掉后，看到一下子空落起来的阳台，心也跟着空落起来。

我炒了西红柿鸡蛋，很大的一盘。我给小白分了一半，它吧唧吧唧，吃得很香。

吃完饭，小白很自觉地缩回了笼子睡觉，我洗碗，洗锅，拖地。以前在家的时候，我从来不做家务。我的父亲和母亲，在我小的时候励志要将我培养成一个有着中华传统美德的勤劳的好孩子。

可我从未想成为一个勤劳的孩子。我的父亲是一个木匠，他会做各种精巧的家具。我的家坐落在县城的边缘，父亲经常做了家具运到县城去卖，他一辈子都是那样，老老实实地做人，没有想过发财，没有想过要去开个家具公司的事。所以，他做了一辈子家具，还是没有发达起来。

他希望我将来也像他一样，老老实实地做家具，赚钱，结婚生子。他甚至早早地就给我造了一幢大屋，复式的小洋楼。有着雕花的大阳台，有很多间屋子。他说，当时就不该让你读大学，你就该学学同村的孩子，高中毕业就把婚结了。

我的老父亲认为，让我读大学是他的一个错误，我白白浪费了四年的时间，四年的大学没有教给我什么有用的东西。我回到家还是懒汉，还是生活上的低能儿，还是什么也不会做。

我的老父亲在给我讲这些的时候，不住地叹着气，眼里似有无限的悲凉。他的头发已经白了很多，并且开始变得稀疏。

当我跟他说我读了大学可以有正经体面的工作时，他问："你正经体面的工作的工资有在县城卖烤鸭的周同的高吗？"

我说没有。

他又问："那有去广东打工的刘能的工资高吗？"

我说，也没有。

他最后又问："那有你这个老父亲造家具的钱多吗？"

我说，也没有。

"那你那算什么好工作？"

听他那么说，我便无言可对了。

当然，我可以说，我的工作很清闲。其实，也不清闲，只是比起卖烤鸭的周同和在电子厂流水线上的刘能来说要清闲一点。至少我做的不是体力劳动。当然，我做的脑力劳动丝毫不比刘能他们做的体力劳动轻松，甚至更费力。

我开始忘却赵青青，我觉得她终于找到归宿了，骑着自行车来接她的火柴，以我的了解是敦厚靠谱的，他没有冲天的才能，没有大把的金钱，但我看得出他比我更爱赵青青。

忘记一个人的代价是那么大，在赵青青走后的那个星期，我喝掉了我储存在冰箱里的全部啤酒和可乐，抽掉了整整一条红塔山。

我常在半夜的时候因痛苦而醒来，我是如此的痛苦，火柴，我的朋友，我们一起写诗，一起为了诗歌的梦想而奋斗，你却抢走了我心爱的女人。我抓破了我的枕头，我抓坏了我挂在床边的陪了我三年的水晶挂件。我想，世界上没有比这更痛苦的事了。

那段日子，我忽然没有了任何脾气，不再相信世道人心，在烟酒中自甘堕落。在一个喝得酩酊大醉的夜晚，我忽然接到久不联系的颜颜的电话，电话里她的声音依旧细腻温柔，像风和水。

她问我的近况，问我为什么那么久了都不和她联系，我说我失恋了，我想见她，想和她一起吃顿饭。

她在电话中只是"嗯"了一声。

颜颜搬来了我的房子，她提着她的小箱子，里面装了几件衣服和一些化妆品。她很兴奋地说："小木，我们终于可以在一起了！"说完，她把自己摔在我的大床上，翻了个身幸福地睡去。

颜颜去外面找了兼职工作。我们一起上下班，和这个城市里的无数夫妻一样。娇生惯养的她上班后总是很累，每天下班回来就倒在床上睡觉。

我也很累，但我还要去厨房为她做晚饭。许多个黄昏，我做好饭打开卧室的房门，总会看到傍晚的阳光从窗口泻进来。颜颜躺在我巨大的双人床上，她穿着那个季节女生们都会穿的薄款睡衣，衣服刚能盖住她的臀部，所以，自大腿以下都是白花花的一片。颜颜的腿很直，并且像大理石一样光滑。

她正在熟睡，她睡着的时候会发出轻轻的哼唧哼唧的声音。后来我对她说这像猪生气的时候发出的声音。她听完狠狠地揪住我胳膊上的肉不放。

我脱掉我的鞋爬上床去，和她躺在一起，我的那张床很柔软，软得我一百二十斤的体重压上去就能陷到床里去。

颜颜的头下枕着一本关于金融的书，她每天在我上班去的时候就会拿出书来看。她像三年级的小学生一样拿着个小本子认真地演算。我回来的时候，她就将书递给我，让我参照着答案考她。

我经常拣自认为很难的题问她，她半天回答不出来。我开始催促她，她就使劲儿抱怨："没吃饱想不出来！"

那天，我回来的时候，颜颜没有醒来，她把书压在头下当枕头睡着了。窗外的天很蓝很蓝，北方的夏季常见的万里无云的日子，阳光斜斜地穿过窗子打在她的身上，她的身体呈现出一种少有的古铜色。我觉得她像维纳斯，但维纳斯没有手臂，至少很多雕像上的维纳斯是没有手臂的，但颜颜不但有手臂，而且她的手臂很纤细，上面没有体毛，连那种白色的小汗毛也没有。

颜颜没有醒来，我要去给她煮饭。其实我并不会煮饭，我只会煮面和煮稀饭，煮面的时候，我会将白菜、西红柿和面一起煮，煮稀饭的时候我会把白菜、酸菜、西红柿和大米一起煮。

刚开始，颜颜吃我煮的面或者稀饭的时候，会很惊喜地说，这么多绿色蔬菜，美容又养颜。后来她就不这样说了，而是说，曹小木，你怎么那么笨，只会煮这两样东西，我都快吃吐了。

我翻她白眼："不喜欢吃可以自己煮去。"

她就开始抱怨，她每天工作是多么累，回家来又要照顾小白，哪有时间去煮饭。

我说我不信她的工作有那么累，并说我要去她工作的地方看她是怎么工作的。她没反对，她很希望她工作的时候我能去看她。我去看她的时候发现她真的很忙，在一信贷中心做前台，每天都要接待很多的客户。那些客户中有很多是精壮的本地男人，他们不是来贷款的，更多地是来看她的姿色。

颜颜的脸蛋精致，身材凹凸，胸部丰满。

那些男人总是挤在窗口向她咨询东西，多数时候是在说些废话。比如，姑娘，多大了，结婚没有。

当然，还有老妈子一类的，来到窗口，问："姑娘，我给你贷30万吧，你把你号码给我儿子留一个。"

颜颜说，领导经常让她去办公室汇报工作，汇报着就变成了汇报有男朋友没有，一个人感到寂寞吗。

我听到颜颜给我讲这些，我就想拿着我刚买的扳手去给那个秃顶的老男人领导的光头一扳手。

日子就像水一样过得很快，我们上了整整一个假期的班，开学的时候就大四了。

我们开始准备毕业论文，论文指导老师很严厉，每天回到房子我都会变得沉默，颜颜不会写论文，我除了要写我的论文外，还要写她的。她学的金融，对我来说几乎是完全陌生的东西。我写得很吃力，脾气越来越差，甚至开始掉头发。颜颜开始学做饭，她做的饭很难吃，在我写论文的时候，她在客厅和小白一起看电视，小白已经开始依恋她，蜷缩在她的身边，呼吸均匀，睡得安然。

周末，我就去图书馆借书，查资料，颜颜每次都陪我去。

但她每每都是看书不到三分钟，就坐不住了，在凳子上挪来挪去，发出噪声，这种噪声不仅打扰了我，而且还打扰了周围认真看书的人。我低声求她不要乱动，她说她难受。

我问她是哪儿不舒服，她说她心里毛躁，看不进去书。我让她出去转转吧。

她说她想陪在我身边。

“你不能发出怪声，不然会打扰到别人的。”

她说：“那我听歌吧。”

她取出她特牛的进口耳机，趴在桌上开始听歌，不一会儿就睡着了。

走出图书馆的时候，我一眼就看到了那辆熟悉的白色路虎，还有路虎边站着的周子。他拉开车门，对颜颜命令道：“上车！”

颜颜摇摇头，躲在了我身后。

周子指着我：“你滚开，你没本事养她！”

周子的话音未落就挨了我结实的一拳，力道之狠准，让他一个踉跄跌倒在地。

我摆好架势准备等他起来后再和他大战一场，但他很快认了怂，爬起来灰溜溜地钻进车溜走了。

透过车窗玻璃，我看见他一脸的暴戾之气。

周子走后，颜颜抓着我的手在颤抖。我安慰她不要害怕，我会保护她。

“他是一个报复心很强的人，他一定会报复你的！上次我求了他很久，他才放过你的！不然，你不仅会和小巴一样被开除，还会被他叫人修理。”

“我不怕。”

但三小时后，周子就带着一大帮人把我堵在了去宿舍的路上。

我抡起书包就砸那些围上来的大汉，终是不敌，被他们一脚扫倒，按在地上。周子上前来对着我的头就是一顿暴踢。我耳朵轰鸣，口鼻喷血，心里无助地等着被老男人踢死。

“住手!”

我隐约听见颜颜的喊叫，周子没有理会，颜颜的喊叫让他更加暴怒，他又继续狠踢了我好几分钟才住手。他累了，喘着气看着我。

颜颜跑上来蹲在我身边，掏出纸巾来给我擦鼻血，我的头炸裂般疼痛。

颜颜忽然对我说：“小木，你走吧，就像他说的，你养不起我，我要的你给不了!”

她转身上了周子的车，我躺在地上，翻了个身，天上的月亮清澈，星星很多。

夜风吹来，我剧烈地咳嗽，咳着咳着，眼泪就流下来了。

第二十四章　那年，我青春年少，她貌美如花

我重复了别人的话
因为我爱你，这世上仅此一种
天亮了，露水打湿了
玫瑰，我爱你
在玫瑰盛开的千万倾香气中
唯一颤抖的那一瞬
我藏在别人的阴影里
体内的鸟儿陆续飞走
我把飞翔仰望过了，天空
低下来，我爱你
除了细小的空气

除了心中那些缝隙
获得重生的蚯蚓
还在土里
我把泥土又亲吻了一遍
因为爱你

——离离《因为我爱你》

我已经找不到继续留在L城的理由。我参加了很多南方城市的招聘，投出去很多简历，每份简历都附上了我出的诗集的封面。那本诗集，印量很少，没有大红大紫，我只希望它在我找工作的时候，能给我

增添一些筹码。

接到了很多电话，我选了一家成都的大型国企。

我退了房子，将这些年攒下的东西打包寄回家。带不走的东西都送人了，走的时候满阳台的空花盆让房子显得格外冷清。

最舍不得的是小白，因为小白不能够上火车，我不能够将它带回南方去，最好的办法是将它送出去，房东承诺收留它。

分别的时候，小白能感受到我要离开它了，它是一只无比聪明的狗。它垂头丧气地趴在房东身边，嘴里呜咽。

我走的时候，叫了它一声小白，它抬起头来看着我，像是要哭了。我没见过一只狗哭泣，从来没有，也不知道一只狗的哭泣是多么悲伤的事情，我很决绝地拖着行李箱离开了。

在火车站，我拨通了赵青青的电话。我告诉她我要离开这座城市了。

电话里赵青青显得很平静："走吧，不要再回来了。"

火车将我带离L城的时候，我哭了。黄昏的太阳把这座小小的城市映照得无比漂亮美丽，我仿佛是第一次见到这样美丽的城市一样。

我把脸贴在火车冰冷的玻璃窗上，车窗外的城市在火车单调的铁轨撞击声中快速退去。

去成都那个国企报到之前，我回了一次故乡。

回家的时候，儿时的玩伴王麻子也回来了。我快十年没见到王麻子了。我见到他的时候，他来我家说要邀人打牌。他推门进来的时候，我正在玩手机上的小游戏，他一进来就说，我们的大学生回来了。

我抬头看见一个衣着肮脏，头发如同狗毛一样的男人。我半天才反应过来，他就是王麻子。

王麻子只比我大六七岁，而坐在我面前的那个老男人一看就比我大了快二十岁。

他坐在我面前说："小木，好多年没看见你了，你现在有出息了。"

我说："王哥，我也好多年没见到你了，这些年你都去了哪儿?"

王麻子说他这些年都在新疆摘棉花，后来又去广东打了几年工。

我问："那钱赚得差不多了吧？"

"哪赚得到钱喔，没学历，没能力，越混越差咯。"

听他这么一说，我一时间竟找不到安慰他的话语。

他建议道："小木，待会儿一起去打个牌吧，村里的年轻人基本都回来了，我们年轻人坐在一起聚聚。"

我到的时候，牌局还没有开始，正如王麻子所说，来的几乎都是村里的年轻人。他们中有我的小学同学，初中同学。他们基本都结婚了，许多人的孩子都到了能打酱油的年纪。

打牌前，大家都聊了一会儿各自的情况，他们这些年大多在外面打工，有几位当过兵。

王麻子提议道："大家一起打牌吧。"

打牌的时候，我们又聊了起来。

我的一个小学同学叫李红，小学毕业后去当兵，按照他的说法他现在混得不错，现在做到了少尉排长。

打牌的时候，他坐到了我身边，说是要和我讨论一些国家大事。我说我对国家大事不是很关心，平时新闻都很少看。

他说："怎么可以呢，你在国企工作，就是为国家工作，每天都应该关心下国家大事。"

他继续说："我复员的时候也是要做公务员的，现在已经开始关心国家大事了，要为做公务员做准备。"

我说："那就好好努力。"

他又问我："小木，你入党了没？"

我回答："没呢。"

他说："我都入党好多年了。"

"那不错喔。"

"那是当然了啊。"

我准备继续说打牌的事，他又问我："小木同学，你去国企的工资是多少啊？"

我说不多，都没在座的高。

他说：“我的工资很高的，就是没地方花。”

“那就存起来吧。”我建议他。

我怕他再和我讨论这些话题，就说：“不聊这些了，我们打牌吧。”

大家又开始打牌。

李红一边打牌一边又和王麻子讲一些他在部队的事，说新兵怎么不听管教，管理他们要费很大的力气。

打完牌出来的时候，我对王麻子说：“出去学一点手艺，没有一技之长在社会上是很难立足的。”

“小木，谢谢你，还有，小木，我要为当年和大家一起叫你傻子的事向你道歉。”

我淡淡地说，都过去了。

离开家的前一天，我和我的老父亲吵了一架。他抡起一把椅子想打我。我就等他打，我已经想好了，他要是打了我，我就永远离开这个家，并不再回来。

但终究他还是将高高举起来的椅子放了下来，他不敢打我了。

那天的吵架，我并不认为是我的错。

先前，他循循善诱地同我讲：“你也老大不小了，咋还不找个对象结婚。跟你同龄的，人家小孩都上学了，你媳妇都没带一个回家来。你说你为了工作，我看你是为了狗屁的工作！”

我听了也火了：“我二十四不到，结个屎的婚。”

他认为我讲话的态度严重伤害了他，就和我吵了起来。

其实都是他一个人在吵，我根本不想跟他吵。我觉得他简直就是一个不可理喻的人，天天催结婚生娃，难道人生的意义就是结婚生娃吗？

我不想同他讲什么人生意义，我觉得他不会听懂，更不会理解。他的眼里只有结婚生娃，其他一切都没有意义。

我气急败坏地出了门，坐了车到小城晃荡。

静静的长江，熟悉的滨江大道，烤鱼，夜里璀璨的灯火，我长长的指甲划过江边铁质雕花的大栏杆，澄江静练，忽然间我就伤感了起来，我想到了赵青青和颜颜。

走到汽车站的时候，我鬼使神差地买了一张票，我决定去看张晓。张晓家所在的那座城市没有通火车，张晓说，她小时候很喜欢去看火车，她家门口几十米处就有火车道，她经常跑去火车道旁边看火车呼啸而过，然后望着消失了的火车久久地发呆。她说，她一直想，总有一天，呼啸的火车会把她带去很远的地方，像蒲公英的种子一样，散落在天涯。

那些火车是开往南方的，但后来张晓去了北方。她说，她违背了自己少时的梦想。

张晓跟我讲这些的时候，总是不看我，而是侧着头看那座小城渐渐西沉下去的夕阳。

上大学后，我第二次去看张晓，是一个夏天，她所在的那座城市充满了夏日的热情与繁华。当然，那座小城是不能够用“繁华”这个词来形容的。但在那个夏天，张晓所在那座城市还是飘满了夏天亮丽的裙摆。她来接我，穿着很短的热裤，之前，我几乎没见过张晓穿很短的裤子，她的身材很好，她总是把自己包得严严实实，害怕路人对她投来过多关注的目光。

那个夏天，张晓来见我，穿着很短的热裤，她的腿修长。

她陪我走了很远的路，送我去我住的宾馆。她给我买了很多好吃的水果，带我逛了那座小城的很多地方。我们坐在小城还未建成的体育场的大石阶上吹风，张晓说，她想我买花送她，我们就一起去找花店，却遗憾地发现它们已经关门了。

张晓有些悻悻。我跟在她身后，不知道该怎么安慰她——这么多年来，一直是张晓在安慰我。她的声音陪我走过了高考那段最荒芜的岁月，我最绝望或者最无助的时候，总会和她一起去滨江大道散步。

我第三次去看她，从遥远的 L 城出发，坐了很长时间的车，冬天，路有大雪。路上开始堵车，到达的时候已经是夜里八点，张晓来接我。我简单地吃了点东西，便随她去了她给我订的旅馆。在旅馆的房间里，我们开始谈论很多东西，譬如“最近有什么好看的电影，你觉得小城哪家砂锅好吃”这类无比无聊的问题。

后来，她同学来找她，我怕她尴尬，便把她送回了宿舍，她在宿舍楼下嘱咐我晚上要盖好被子，不要着凉。

张晓一直是一个很会照顾人的姑娘。

高中的时候，我一直很依恋张晓，我把她当成了自己的精神依靠。在我最无助的时候，我最想倾诉的人就是张晓，她说，我把她当成了垃圾桶，不停地向里面倾倒东西。

后来，我在L城遇到了很多人，遭遇了很多事，爱上了许多姑娘，在一个叫赵青青的姑娘面前遍体鳞伤，因为赵青青的缘故，我曾很长一段时间没有联系过张晓。

后来的某一天，她忽然给我打电话。她说她在校外做兼职上班，她还说，她所在的那座城市，太阳开始明媚起来了，她还抱怨最近总是很忙，每天都像打仗一样。

我说："你还有仗打，我在L城都快无聊死了。"

她问我在L城平时都做什么，是不是忙着写诗。

我说很久不写诗了，我在学做饭，学好了将来可以做给她吃。

她说她不会做饭，但是会刷锅洗碗。

我开玩笑说将来我俩可以搭伙儿过。

她说："你脑子里胡想啥呢?"

我厚颜无耻道："没想啥，想你而已。"

然后，她就不说话了。

我知道张晓又陷入了思考与发呆之中，我知趣地挂掉了电话。

那段时间，赵青青离我而去，我每天形容枯槁，夜里熬夜加班赶诗歌稿子，身边陪伴我的只有一只叫小白的狗。

很多个夜晚，当我写不出东西来的时候，我也想过给张晓打电话，听听她的声音。可那时候，我迷恋上了赵青青，迷恋上了她的身体，迷恋她的放荡，就像一个染上了毒瘾的瘾君子，陷入了自我毁灭、万劫不复的境地。

我在张晓学校的门前等她，她毕业后被保研留校，还住在学校给本校读研学生的过渡宿舍里。

她随着图书馆汹涌嘈杂的人流出来，我一眼就认出了人群中的她，我兴奋地挥着手朝她大喊：“张晓！张晓！”

她像迷失在森林里的小鹿，猛然抬起头来，跑到我身边的时候还喘着气，鼻尖上都是细细的汗珠。

她一把就挎住了我的胳膊，挽着我去他们食堂吃饭。

张晓送我去车站，她拎的东西比我还多，她几乎是拎了全部的家当！

“你要把你全部的家当都送我吗？”

“不，小木，我决定不读研了，我要和你一起去成都找工作。”

第二十五章　生活需要诗和远方

我注定在某年某月的某个时辰
离开这个世界
因此要做的事情实在太多
譬如恋爱，写诗，去西部流浪
我一走出那座老式钢琴似的屋子
就不明白地在C弦上摔了一跤
掌声和咒语于背后蝗虫般飞来
有一对酒窝变成美丽的陷阱
我实在搞不清网与生活
究竟有何区别
我不流泪不等于没有眼泪
我整了整行李试图从哲人的书本上
寻找警句或方向
直到一条河自历史深处汹涌而来
灯塔与许多人的灵魂均漂在水上
我的灵魂也漂在水上

——西川《生活的另一面》

我开始在成都的国企上班了，无比幸运，张晓也应聘到我的公司，我在行政办公室，她在新闻信息中心，我们的办公室毗邻，中间只有十几厘米的一堵砖墙。上班的时候，我总是心不在焉，常想着下班、和张晓去哪儿吃饭、去看哪部电影。刚开始，部门分管经理对我很客气，建议我给大家多读读诗，讲完这些话，他又将我叫到办公室外的走廊，那里风很大，他的头发和白衬衣在风中凌乱，他递给我一根烟，然后对我说，我希望你不要再搞你的文学创作了，那会严重影响你的工作，我们是一个商业化和政治化都很浓的公司，希望你能放下你文人的架子，正正常常地做一个小白领，文学是个啥，诗歌是个啥，当你没饭吃的时候，它们就什么都不是，我年轻的时候也有自己的梦想，但是到了一定年龄你就会明白，那只是年少轻狂的梦罢了。

我望着他的背影，手里的香烟已经在不知不觉间燃尽，烫到了我的手指，我扔掉烟头后，一遍又一遍地告诉自己我已经不是一个学生，我要努力工作，养家糊口，可是，我丢不掉我的诗歌，那是生命啊。

我终于为我的固执或者说是坚守付出了惨重的代价。

白天的时候，硕大的办公室里人影幢幢，分管经理颐指气使地骂我。好多次，我都想操起电脑旁边的电壶把他的脑袋打个稀巴烂，可我忍了！我被那个秃头的中年老男人劈头盖脸地骂了一顿之后，他挥挥手让我回去继续写策划，这已经是第七稿了。我回到办公室，像一条狗一样颓废。张晓从隔壁的办公室偷偷地溜进来，借着向我借文件夹的机会，悄悄地对我说，不要生气，就当那秃头是在放屁。

我假意“嗯”了一声，低下头继续修改我的策划稿，分管经理在一个星期内连续六次见到我在上班期间偷偷写诗后，终于爆发，他甚至悄无声息地站在我的背后，等着我写完，我感到异样，回头的时候看到了他，他冷笑了一声就出门去了。

张晓知趣地回到自己的办公室，她走了以后，我觉得自己有些对不起她，在两个月内，我把公司里能得罪的人都得罪完了。主要的原因是分管经理对我有很大意见，天天找我碴儿，那个秃头的胖子，平时吹得一手好牛，喝得一手好酒，人缘极好。和他公然闹翻了以后，公司的人都不怎么和我说话了。以前见到的那些经常嘻嘻哈哈打招呼的人，现在我跟他们打招呼，他们也只是讪笑一下就走了。

除了张晓，她和我同一批进了这个公司，她负责写新闻和编公司那双月出刊的内刊。其实，我一直想去做她那份工作的，但是分管的领导却让我去写材料，无数的材料。

我站在大街上，张晓坐着的出租车滑了过来。她打开车窗招呼我上车，我头也不回地走了。我想把整个公司的人都得罪，我不需要有人对我好，我心底里叫嚣着，都来吧，都来打击我吧！

我头也不回地钻进了张晓的车进不去的小巷。

我快死了。

那晚，在成都荒芜的大街上，我不止一次告诉自己，我快死了。

我第一次如此厌世，以前，我很少想及与生死相关的事，我腆着脸在这个世上活着，忍着无数的屈辱。我变得厚颜无耻，我可以成为许多人唾骂甚至是辱没的对象。

这个城市的冬天是如此湿冷，十点一过，街上只剩下了星星点点的人影。我步履蹒跚，像个八十岁的老人。晃过建设银行的大门，我在那巨大的玻璃幕墙里瞥见了自己，二十五岁啊，多么年轻的面容，却拥有着一颗八十岁的心。

张晓的电话打来，我站在一棵槐树下接电话。

“我不想干了，我要辞职。”

我这样对张晓说。

“那你辞吧，你想干啥就去干啥，你心中不是有诗和远方吗?”

她挂了电话。

我木木地站在黑夜里的槐树下，握电话的手早已经冻僵。

我再次回到公司是一个星期后的事了。我在公司待不下去了，我知道，张晓知道，我的同事知道，甚至连成天深居硕大办公室的公司老总也知道我待不下去了。

我刚进公司的时候，意气风发，有着好多的梦想啊，我总在阳光晴好的午休时间，搬了凳子去办公室外的露天阳台上抽烟看风景，我下班的时候总会跟同事打招呼，挽着张晓的胳膊高兴说笑着去吃火锅，或者去一个很诗意的酒吧喝酒，看乐队表演。

那时候，我走路轻快，满面春风，腰背直挺。而现在，我在公司总是缩手缩脚，我害怕见每一个人，害怕和每一个人打招呼。我走路总是佝偻着背，再不言语，再不大笑大哭。

进办公室的时候，我看见办公室里的同事抬起头来看了我一眼，又迅速低下头继续忙碌。我径直走到部门经理的办公桌前，努力挤出微笑跟他打招呼。他再次把我当成空气，噼里啪啦地敲键盘。

我默默地走回自己的办公桌，打开电脑，开机启动花了好长时间。那台电脑是我刚进单位的时候，部门经理给我申请的高配电脑，一年的时间，我的东西存满了电脑上的各个盘，甚至C盘也爆满。

在和我一样行将就木的电脑缓慢开机的过程中，我无所事事，平时这个时候我都会和同事老赵开开玩笑。而现在，坐在我对面的老赵像躲瘟疫一样躲着我，他害怕和我的亲密会招致部门经理的忌恨，在公司我成了被所有人孤立的孤魂野鬼。

我轻轻地从打印机的纸盒中抽出一张白纸，埋着头，拿着铅笔在雪白的纸张上写东西，我甚至是怀着孤愤的心情写下了“辞职信”三个字，三个字写完后，我却不知道该做什么了。接下来该写些什么，我毫无头绪。抓住那张白纸，紧紧地将它们攥在手心里，直到它们变成了一坨纸疙瘩，被我扔进了垃圾篓里。我像什么都没发生过一样，重新调整了下心情，想了想中午该去吃些什么呢。

我还是没有勇气离开这个费了九牛二虎之力才进来的单位。我没有勇气过着没有固定工资的日子，我不知道离开公司后我该怎么活，我该怎么向张晓交代。

好不容易熬到中午，我没心情吃饭。我坐电梯径直上了顶楼，在那里吸了一根又一根中南海，从二十五层望下去，整个城市尽收眼底。它不漂亮，不美丽，杂乱的建筑拥挤着，喘息着。然而天空却那么蓝，我甚至躺在无比肮脏布满垃圾与青苔的天台上，看那蓝得深情、蓝得动人的天宇。

我深吸了一口气，忽然无比哀伤，心底的世界一片死黑，眼泪滚滚而下。我翻身起来，扶着栏杆，对着城市大喊大叫。

我在天台上待了很久，那里肮脏杂乱，但却是我心中的净土。我又逃了下午的班，现在已经没人管我了，部门经理不再给我安排工作，曾经无比器重我的老总也不再召见我。

黑夜将整个天台包裹住，下面的城市灯火璀璨，二十五楼的风无比巨大，吹得脸生疼，猛烈的风灌进我的嘴巴，我剧烈地咳嗽起来。

有那么一刻，我想从天台上跳下去，但是，每一次都在准备爬上栏杆的时候失去了勇气。

三年前，我们在 L 城市中心的一座 30 层大楼上举办诗歌会，我们的会场在 27 楼，开会的时候，我们看到一个人影从窗前飘过。亚哥最先反应过来，有人跳楼。

我们齐刷刷地趴在窗口看，27 楼望下去，只看见地上的一团黑，还有渐渐从那黑色下弥漫开来的刺目红色。

小巴说那么高摔下去肯定是血肉模糊，骨头尽碎了。

火柴坐在窗沿下，手里把玩着一只黄铜的打火机，他大声叫道，我要是跳下去，我就把自己点着了一团火球下去。

在他们讨论的时候，我一直在想，那几秒钟的坠落中他在想些什么。

我想起颜颜同我说的话，只要活着，一切都会过去。

对，一切都会过去。我的痛苦、无助、彷徨，一切的一切都会过去。我要努力活着，一切都会过去。

一双手忽然从后面搂住我，温热的唇凑到了我的耳边。

“不想干这份工作就不干了吧。”

“去追寻你的梦想吧，我赚钱养你。”

我转身看到她在黑夜里亮晶晶的瞳孔，里面甚至充盈着泪水。

我一把抱住她：“我要出去走走！或许回来后就能适应这样的环境了。”

我走啊，走啊，在故乡的大地上奔走，路过了青城山、峨眉山、九寨沟，还有成都那条著名的春熙路。成都的天空忽然变得那么的灰暗，我常站在人潮汹涌的地铁口发呆，身边挤满了操着浓重川音问我去哪儿的摩的司机。L 城的天空、河水、明媚的太阳，那些我曾无比熟稔的事物现在全都变成了荒凉的记忆。

我感到累了，我形容枯槁，晃荡在成都的大街上，手里总夹着一本淘来未翻开的杂志。我再也不能像当年那样，在北方荒凉的大街上寂寞地骑行，和每一个路过的姑娘吹口哨。我再也不能和我的那群朋友在人潮汹涌的大街上肆无忌惮地唱歌、读诗。我看着大街上那些与我擦肩而过的中年人，那些沉溺在爱情与初恋幸福中的年轻情侣，我那么疯狂地想念我的过去，那个一年前的自己。

仅仅一年，我突然就看清了人间，看清了自己。我那么拼命地追求诗歌，但我成功了吗？这个世界早已经破败不堪，所有的梦想都败给了现实，所有理想的光环都在现实的铁幕下变得暗淡无光，只剩下被生活摧残成凡夫俗子的自己。曾经，我几乎觉得自己就要赢了，得到了命运的垂青，可最后我还是输了。

火车的呼啸锤击着西南大地，无穷尽的节奏，有时候我背对北方巍峨的群山，有时候直面南方的艳阳。世界在暮色中渐渐苍凉下去，我在无边无际的黑色铁轨河流中，一路向北。

我带着张晓回到了我曾经抛洒无数热血青春，爱过恨过的地方。熟稔的街道，却再也找不到熟悉的人，我专门打车去了“蓝姬 8 号”酒吧，那里还是老样子，什么都没变，我看到巨大的玻璃幕墙上贴着亚哥和老罗的诗集宣传海报，那是亚哥和老罗的合集，名字叫《河流》。巨大的白色的河流在巨幅海报上流淌，血色般猩红的大字：今夜，如果诗歌的世界注定死亡，我们也绝不独生。

我看见酒吧里黑压压的人群喧嚣着，我甚至看见一个姑娘的身影那么像颜颜。北方的风狂乱地吹着我的发，张晓站在我身边，用温柔的声音问我：“要不，我们进去吧。”

“算了吧，我只想远远地看看。”

我和张晓坐在“蓝姬 8 号”酒吧大门外的石梯上，一人一罐可乐，北方的风哗啦啦地吹乱她的头发。我转身想帮她理顺头发，一转身却看到了刚出酒吧大门口的颜颜。她抱着一摞杂志，无比惊诧地看着我。我的脑袋一片空白，一时手足无措。

她忽然微笑起来，无比甜美的笑。然后，她转身进了酒吧。

张晓感觉出了我的异样。

“你的眼怎么红了?”

“风太大了。”

张晓接到公司电话，有急事叫她回去，她收拾好东西，然后看着我：“小木，一起回去吧，回去好好工作，毕竟这个工作来得不易。”

我坐在宾馆的床上，跷着二郎腿吸烟，房间里烟雾缭绕，张晓站在门边等着我的回答。

“你先回吧，我准备在G省游走一圈儿。”

“也好。那你想回了，给我打电话，我来接你。”

张晓永远是那种善解人意的姑娘，无论我怎样伤害了她，她都会抹干眼泪再对我微笑。

一个星期后，我在G省一个偏南的小城见到了颜颜。那时，我去那个小城出差，下火车后在候车室破烂肮脏的厕所里撒了一泡尿。走出厕所后，我想买包红塔山，一掏口袋发现钱包不见了。我一向是个严谨的人，在人多的场合我都会习惯性地摸摸自己的口袋，看钱包在不在。但那次，我是疏忽了。当然，和我钱包一起不见的还有我的手机。站在那个多少有些颓废气息的小城，我看到自己在火车站巨大玻璃墙幕中的影子，同样的颓废。我没有像许多人一样报警或者在候车室的大厅里大喊大叫，我知道，即使我那样做了，我的钱包和手机也不可能再找回来。我漫无目的地走出那个破旧的火车站，站在大街上，落日的余晖晃得我有些睁不开眼。

我走到一家高档酒店前，忍不住驻足观看。

一辆车停在了我的面前，黑色卡宴。

车上走下来一个穿着华丽的女子，她抬头的时刻，我看到她是颜颜。

那年，在那个偏远的小城。颜颜带我去她的住处，给我放水洗澡，厨房里在煮饭，做的是鸡肉焖卷子。老实说，我不太喜欢吃，最后我吃了好多的鸡肉，颜颜吃了大部分的卷子。

我总觉得这样的情景是不真实的，我看着那个依然妖艳的女子在我眼前晃动，两年前的记忆一幕幕涌上来。她晃到我面前，我揽住她纤细的腰肢，我叫她：颜颜。

她顺势坐在我腿上，她屁股上没有多少肉，硌得我的腿有些生疼。她把头偎依着我的头，她的头很小，她的小巴很尖。她转过脸来想吻我。

只是吻到了我的脸颊，我躲开了。

“我已经结婚了，和一个叫张晓的姑娘。”

她便不再言语，蜷缩在我的怀里，和我一起看电视里放着的一部动画片。

她毛茸茸的脑袋顶着我的下巴，我想说，她的头发上青草般的洗发水的味道。

“颜颜，对不起，原谅我吧。”我对她说。

她抬起头来，眼神有些迷茫，她说：“小木，一切都过去了，我也结婚了，儿子一岁了。”

“今天去他奶奶那儿了，再过一小时我还要去接他。”

“他父亲呢?”

“出差了，他总是有很多的生意要谈。”

“小木，你还写东西吗?”

“不写了，早忘记怎么写东西了。有些梦只适合年轻的时候做，年龄大了就不想做了。”我说这句话的时候，恍然觉得自己变成了那个秃头的、凶神恶煞的分管经理。

颜颜给我买了机票，在小城的机场里，她带着她无比可爱的儿子送我上飞机。机场的风很大，我过安检的时候，跟在我身后的颜颜忽然问我：“张晓是一个怎样的姑娘?”

“她，她是一个我时刻都想深吻的姑娘。”

“哈哈哈，这么多年了，小木还是这么拽!”颜颜很开始地笑起来，那种久违的笑让我感到无比的温暖。

回到成都以后，张晓来机场接我，一见到她，我就一把将她抱住，在大街上深吻她。那以后，我常在每天早上张晓给我系领带的时候，俯身深情地吻她。她每次都躲闪着不让我吻，每次我都会将她挤到墙上，然后久久地吻她。每次吻她，心中都如同深蓝色的湖水荡起微波，能看到天色明净的草原，夕阳照耀下的小道。我开始以无比平和的心态去上班，不再愤世嫉俗，不再青春年少，忘却了曾经无畏的轻狂。在单位，我依然会被骂，许多时候在写稿子的时候看着窗外湛蓝的天空中或者风中纷飞的风絮，也会失神半天。回过神儿来，再开始写那些曾经深恶痛绝的官样文章。我终于开始不再反感我的工作，开始细心地去做领导交办的每一件事，每天下班都很迟，但当我拖着疲惫的身躯回到家时，张晓总是在开门的时候给我一个大大的拥抱，并用无比轻柔的声音对我说："小木，饭好了，有你喜欢的回锅肉。"

我躺在沙发上，看着她给我准备晚餐，一身的疲惫都会消逝，我感到满足、幸福，甚至在诗歌里找不到的幸福，在张晓的一顿简单晚餐里找到了。

三年后，我们结婚，我的老父亲在婚礼现场欣喜异常，从不喝酒的他那天被人灌得酩酊大醉。

日子开始像水一样平淡地过下去，我不再写作，甚至不再读和诗歌有关的书籍。每个周末，我和张晓都会开车去成都周边的油菜花地，看一次日落，喝喝小酒，有时候景色太美，会忍不住随口说出一些诗意的话语。只有那时候，我才会想起，我曾经还是一个诗人的往事。

第二十六章 汉阳的天空阴沉一片

在我们行进的途中
谁给我们安排了这样一堆余烬

辉煌的葬礼
想远在我们到来之前
就于荒原毕剥地燃烧
不知是哪队远足的
旅人、梦、干粮袋
在这儿翻来覆去地炙烤
对过往进行庄严的火葬

欲望始终在不可企及的前头
途中每一步都很真实
狼啸是竖耳可触的
寒冷是伸手可见的
夜色围过来如一口枯井
有时唯火光最能解渴

几乎每个人说起今天都很激动
那些过往者当初也这样
要与之交谈却是永远地不可能了
他们的背影叫作历史

随风扬起
有时消逝得干干净净
留下了一堆植物的灰烬
荆棘的灰烬
也许并不是最冷的风景
悲壮和缠绵成为文字
最简单的经验
每个人都是须重复一次
才能读懂

无法说清火光到底到哪里去了
那些人到哪里去了
茫茫天地无处寻觅
只有灰烬是一个事实
那些人走了是一个事实
我们来了，并且
也要燃一堆火
也是个事实

一根火柴热了又冷
一支香烟，冷了又热

——杨牧《余烬》

2008 年，我从成都到武汉出差，到汉阳的时候接到阿亮的电话，他说他就在汉阳，让我过去和他聚聚。我当时正要去参加一个时间很急的会，所以对他说这次没时间，我们下次再聚。

阿亮迟疑了一下，用一种些微压抑的声线说道："你还是来吧，小巴也在这里……"

听到"小巴"两个字，我手中的电话"啪"地掉在了地上，手机后盖和电池哗啦啦滚出好远，我抬头望了下汉阳的天空，灰霾一片，鸟不拉屎，就像当年的 L 城。忽然，我就想起了那些年，那些大把的青春，它们洒落在我的茫茫命途上，无人回忆，亦无人祭奠。

我按照阿亮给的地址去找他，地址上写的是钢材批发门市。我下了出租车后，又在一条狭窄的小巷子里走了半个小时。但出了巷子后，发现自己身处一条比小巷子宽不了多少的街上。街临长途客运站，上百家批发门市沿街排列。我按着阿亮给我的地址一个门市一个门市地找过去。找了三十多家的时候，几欲累死。那天武汉的天空阴沉忧郁。后来又下起了小雨，街上一片泥泞，穿行的车溅起一片片水花，我的裤管和鞋子都被打湿。我盘算着待会儿见到阿亮一定要狠揍他一顿。等我找到第六十家的时候，掏出手机给阿亮打电话，告诉他我迷路了。

阿亮问："你在哪儿，我过来找你。"

就在这时，我看到前面一个门市外站着一个打电话的黑胖子。其实，我并不确定他是不是阿亮，因为从外貌上我不能看出他与阿亮有任何相似的地方。当年的阿亮，虽然长得胖，但也不可能胖成一个球。我无论如何也不能把眼前这个半秃的球状的黑胖子同阿亮联系起来。所以我又迟疑地把电话放回耳边，问阿亮："你在哪儿?"

然后我很失望地看到那个半秃的黑胖子向四周找了一圈后，看到了我，并拼命地向我挥手。同时，我在电话里听到那黑胖子或者是阿亮的声音。

"曹小木，我给你挥手呢，看到我没?"

我悻悻地回答："看到了，我就过来。"

我将手机放回兜里，向黑胖子走去。

走到阿亮面前，我好好地打量了他。他的容貌已经大变，他的样子让我对"时间是把杀猪刀"这句话深信不疑。

阿亮见到我很高兴："小木，你成熟了。"

是的，我成熟了。十年前的我，在 L 城上大学，鼻梁上架着一副黑框眼镜，头发染成紫红色，像头红色的箭猪。而现在的我，衣冠楚楚，戴了金丝眼镜，头发乌黑，打了厚厚的发蜡。

或许，这就是阿亮眼中的成熟。

他邀我进屋，热情地给我沏茶。我喝着阿亮泡的劣质绿茶，问他："小巴呢?"

"小巴昨天才过来的，他来这儿进货，遇见了我。他竟然还认识我，在大街上就叫了我的名字。他现在进货去了，晚上才能回来，我已经告诉他你过来的消息了。"

"小巴现在在做什么生意?"

"他在汉阳那边办了个养猪场，其实他离我挺近的，但我一直不知道。"

我放下茶杯，轻轻地叹了口气，没再问什么。

此时，恰有客户来洽谈生意，可能是要买上百斤的钢材。阿亮对我抱歉地笑了笑，就跑出去招呼客人去了。

他走后，我环视了下他那间拥挤狭小的房间，四周堆满了各种钢材，还有一些瓷砖装在纸盒里，只剩下五六平方米的空间摆了一张床，一张沙发椅。沙发椅的后面有一张半米见方的小桌子，上面放了一把旧的烧水壶，一个堆满了油渍的电磁炉，上面有一口小铝锅。

十几分钟后，阿亮在外面谈完生意回来了。他脸上洋溢着愉快，说他刚卖了两百斤的钢材，说完他把一个纸袋放在我手上，并对我说："刚在外面给你买的花生。"

十年了，阿亮还记得我喜欢吃花生的习惯。

正在我出神的时候，有人推门进来了。我记得那天，汉阳的天空阴沉一片，鸟不拉屎。但那人推门进来的时候，我看见外面的雨已经停了，黄昏的阳光透进了屋子，光线带着一种温暖的色泽，那人就陷在那种温暖的光晕中，我看不清他的脸，他在光晕中向我伸出手。我本能地伸出手去握，这时候，我才看清他的长相。那张瘦削的脸上，颧骨高高地耸起，那深沉忧郁的眼神，我一辈子都不能忘记。他是小巴，我亲爱的小巴，我十年不见的小巴，我愧对一生的小巴。

我竟然因激动而有些发抖。

“曹小木，你发福了。”

小巴笑着拍着我的啤酒肚，被他这么一闹，我也轻松地笑了出来。

“你是越来越清瘦了。”

我望着他瘦削的脸说道。

他叹了口气：“很久没吃肉了，怎么会不瘦呢?”

听了小巴这番话后，我忽然感到伤感。我来武汉的前一晚，妻子张晓给我整理行囊，一边整理一边对我说：“这次去武汉出差你要照顾好自己，你一直是一个不会照顾自己的人。”

第二天早上帮我系领带的时候，她还拍着我的肚子说：“你发福了。”

是的，我真的发福了。尤其是我看着大学那几年拍的照片，那时候的我很青涩，身形瘦削。

“一起去吃个饭吧，大家好不容易见个面。”

阿亮提议道。

我说好，小巴也说好。

我们相约去吃海鲜，坐的阿亮的破旧桑塔纳。

路上，我们三人都没有说话，一种略带尴尬的奇异气氛弥漫在我们中间。车里寂静，夜幕降临，车窗外享受夜生活的人们陆续走出家，街上喧嚣。我感到喉咙有些干渴嘶哑，于是对阿亮说：“整首歌吧，气氛压抑得很。”

阿亮打开播放机，是英文歌，好像叫 *Sealed with a Kiss*，一首我们大学时常听的歌。

阿亮一边开车，一边跟着哼哼起来，我看到坐在驾驶室里的那个依然哼歌哼得欢的黑胖子，有种莫名的伤感。

吃饭的时候，我说：“小巴，阿亮，今天我请客，你们随便点。”

小巴和阿亮笑着说：“小木，你还要养家，我们就不要你破费了。”

我说：“张晓投资了一个公司，现在运转得已经很好了。现在我已经不为钱的事而过多忧虑。”

上菜的时候，我们已经聊得很随性。我问小巴：“你小子结婚了没有?”

小巴叹了口气："结啥婚呢。我现在没钱没房，做的工作又没有面子，这几年人也长丑了，就越发没姑娘愿意嫁我了。先前老家还给安排了几次相亲，可是那些女的我见过后就有一种说不出的不舒服。长得倒不是很丑，就是一张嘴说话还不如街上的那些站街女。有次去相亲，一长得豁牙咧嘴的女的，看着年龄比我还大，一见面就说：'哥哥给个电话号码呗。'

"我一看她那张豁牙咧嘴的老妈子脸，再听那句话，一下就有恶心的感觉。但出于礼貌，我还是坐下来陪她聊天，但已经浑身不自在。

"我们聊天，基本都是她在讲。我低着头，害怕被周围的人注意到。她说这次回来她妈就叫她去相亲，其实，她才不愿意相亲呢。但是，老妈催得急，她就来了。其实，她觉得不一定要找个有房有车的，只要相爱两个人可以一起奋斗嘛。

"我听完后想，就你那德行，谁跟你一起奋斗啊，没有恶心死就算好的了。

"那女的又继续说：'其实嘛，我在一个很大的理发店里做店员。平时也有很多帅哥约我……'

"她讲到这儿我一口茶就喷到了桌上。"

小巴仰头干掉一整杯青岛啤酒后说："我当时已经快吐了。"

那女的继续问小巴："你想找个什么样的女朋友?"

小巴回答："我已经有女朋友了。"

那女的很尴尬，找了个台阶下："其实我也是有男朋友的，他是消防队的。"

小巴说完，哈哈大笑起来。

他借着酒劲儿说："小木，你是没有看见，那女的的脸最后变成了绛紫色。真他妈爽!"

说完，他又笑起来，刹那间我觉得又看到了大学时代那个见到美女就走不动，经常开涮女生的小巴。

在送我回宾馆的路上，阿亮问我是否还在写诗。

"不写了，早就不写了。"我说完这句话的时候失神了好久，直到阿亮将车开到了我住的宾馆，提醒我下车。

在宾馆的大门外，我们在夕阳下挥手道别，看着阿亮的车在暮色苍凉的大街上渐行渐远，我感到了少年时代看过的美国文艺片里，那个流浪的主人公在黄昏的得克萨斯州州际公路上开着敞篷车，听着伤心的情歌时无比荒芜的心境。

后记　海潮终将倾覆大地

成都的秋日，总是秋雨连绵，一连十数天的秋雨，将城市洗涤得清澈透明。那一日，我刚出地铁站口就遭遇了一场突如其来的大雨。身旁的人群在雨中奔跑散开，四处寻找避雨之地。我站在那场大雨中，忽然听到了无比熟悉的音乐——周云蓬的《九月》。我找到了音乐的来源，那是一家很大的咖啡店，装潢考究，但店内却无比冷清。我提着公文包，一身齐整的西装，身边是川流不息的人群，天上簌簌落下雨滴。我觉得一切都是那么熟悉，那么亲切，那么委婉动人。一个穿着洁白衬衫，露着两条洁白而丰盈胳膊的姑娘落寞地坐在店内一角。她的脸型饱满，洋溢着青春的气息，孤独地望着窗外街上奔跑而喧嚣的人群，或许还看到了人群中同样神色落寞的我。

她的未来是否也会被岁月的海潮倾覆？她的忧愁，她的感慨，她年轻的身躯，还有她丰盈的体态。我再一次感叹时光如梭，光阴似箭，这两个小时候在作文中早被用烂的词语，那日，却显得别样的新鲜，别样的动情。曾经的时光和那些在时光里的人，都被时间的海潮拍死在登陆前的沙滩上，体无完肤，死无葬身之地。那些悲凉的、巨大的海潮，从不体谅我们成长过程中的痛苦、忧伤、成功或者堕落，它那么无情地、铁面无私地将我们的青春无声地淹没。我们挣扎啊，反抗啊，甚至痛哭流涕，可是它完全漠视。这一路走来，我们的梦想、爱情、青春都被时间的大炮轰得尸骨不全，被岁月的海潮拍打得支离破碎。

那天以后，我一直在回忆我的青春岁月里的故事，那些被岁月海潮淹没了的理想。

那天以后，我总是抽很多的烟，大量燃烧的烟草严重破坏了我的记忆力，我有很多事情想不起来了。

我经常会在半夜醒来，咕咕地喝掉白天存放在冰箱里的啤酒，然后洗澡，张晓依然睡眼惺忪地给我打领带。我的生日，张晓叫了很多朋友来庆祝，依旧是无比喧嚣的场景，老套地唱歌，喝酒。我再一次喝得酩酊大醉，回家的时候倒在客厅，撞翻了我存放了很多书的紫色大书架。我的脑袋和胃都无比难受，我告诉自己不能再这样下去，不然会死掉。

醉眼迷蒙中，我又闻到了啤酒杯里冒出的麦芽香味，看见了酒杯子里咕咕冒起来的白色气泡。小巴的脸倒映在那些白色的气泡中，逐渐扭曲下去。我看到他站在讲台上大声地疾呼：芦苇草！芦苇草！

我终于记起来了，我们诗社的名字，她叫芦苇草。春天开满故乡山野的芦苇草，走完全世界都未曾荒凉的芦苇草，我们一生的梦想都付于她了啊！

我们曾是无比忧愁的少年，在北方暮色苍凉的大街上寂寞骑行，做着代价无比高昂的诗歌梦，在恋爱里横冲直撞，遍体鳞伤。在现实面前头破血流，不知悔改。

但那是我最美好的记忆，我的那段青春，惨烈的，幸福的，难过的，忧郁的。海潮的呼啸声中，我看到蓝色的无边无际的浪花向我迎面扑来，我想我不会再那么傻了，不会再那么伤心地哭泣了，不会再轻易地相信诗歌与梦想了。那些死了的，离去了的，都不会再回来了。当我想明白这些的时候，我坐在成都大房子的窗前，春日的蓉城飘满了白色的风絮。

我开始心平气和地在素笺上写诗，我有一支朋友从北京给我带来的英雄钢笔，那支钢笔书写很柔顺，我用它写诗的时候，感觉很舒服。

风从窗外吹进来，绕着我的颈项，钻入我的胸口，忽然我觉得自己老了。

觉得自己老了这样的想法偶尔会出现在我的脑海里，但那次它来得如此的突然，就像我真的突然老了一样。

曾经，我一直觉得在青春最繁盛的年纪，我应该努力，应该去往更远的城市，看无数的风景，人生太短，我们能经历的真的太少。可是，那天，我觉得我再也没有精力去实现我的梦想，它逝去了，连同我的那些爱恨，我的那些热血青春，再也找不回来。

我想说，当你们看见这本书的时候，和它相关的一切故事都已经结束了，我没有离开L城，没有去成都，也没有让忧伤成为最后的回忆。

我开始重整旗鼓，在一座北方的小城努力将生活过得丰盈，在现实冰凉的大墙前，我不再那么傻了，不再是那个不撞南墙不回头的疯子。我的一切，关于这本书里的一切，诗歌，理想，爱情，亦真亦幻。它们从未出现在我生活中，它们又仿佛一直在我身边发生着，我早已经模糊了现实与梦境的界限。

少年时代的情怀，甚至是我小说里一直声嘶力竭大喊着的悲伤，都化作了一丝青烟，消散在了往事如云的北方。这座城市早已经没有了曾经热血的一切。在我的一切冗长的回忆中，我只是隐隐想起那些年，在那所叫韭菜街小学的学校，我背着我的书包，在黄昏的风里，大声地呼喊，我看到那些天空里游荡的云在我记忆里变成一些无法企及的梦想，我曾那么爱啊，可那些梦想，那些青春，它们就那么走了，甚至都没有让我好好地回味一下。我瞬间感受到了世事的残酷，命运之轮哗啦啦地向前，我们无可奈何地接受命运安排的一切。

那就这样吧，我这样对自己说。窗外的L城依旧阳光倾城，穿梭的人流和车流带起热闹的喧嚣。

在我写完这本书的时候，我的心开始安静下来。就像小说里写的，我努力开始将生活过得丰盈。

2014 年 7 月 6 日第一稿
2016 年 4 月 10 日第二稿